Agatha Christie

Noite sem fim

Tradução de Bruno Alexander

www.lpm.com.br

L&PM POCKET

Coleção **L&PM** POCKET, vol. 999

Texto de acordo com a nova ortografia.
Título original: *Endless Night*

Primeira edição na Coleção **L&PM** POCKET: janeiro de 2012
Esta reedição: agosto de 2024

Tradução: Bruno Alexander
Capa: designedbydavid.co.uk © HarperCollins/Agatha Christie Ltd 2008
Preparação: Patrícia Yurgel
Revisão: Lívia Schleder de Borba

CIP-Brasil. Catalogação na Fonte
Sindicato Nacional dos Editores de Livros, RJ.

C479n

Christie, Agatha, 1890-1976
Noite sem fim / Agatha Christie; tradução de Bruno Alexander. – Porto Alegre, RS: L&PM, 2024.
224p. : 18 cm (Coleção L&PM POCKET; v. 999)

Tradução de: *Endless Night*
ISBN 978-85-254-2511-9

1. Romance inglês. I. Alexander, Bruno. II. Título. III. Série.

11-6541. CDD: 823
CDU: 821.111-3

Rua Comendador Coruja, 314, loja 9 – Floresta – 90.220-180
Porto Alegre – RS – Brasil / Fone: 51.3225.5777

Pedidos & Depto. Comercial: vendas@lpm.com.br
Fale conosco: info@lpm.com.br
www.lpm.com.br

Impresso no Brasil
Inverno de 2024

Agatha Christie
(1890-1976)

Agatha Christie é a autora mais publicada de todos os tempos, superada apenas por Shakespeare e pela Bíblia. Em uma carreira que durou mais de cinquenta anos, escreveu 66 romances de mistério, 163 contos, dezenove peças, uma série de poemas, dois livros autobiográficos, além de seis romances sob o pseudônimo de Mary Westmacott. Dois dos personagens que criou, o engenhoso detetive belga Hercule Poirot e a irrepreensível e implacável Miss Jane Marple, tornaram-se mundialmente famosos. Os livros da autora venderam mais de dois bilhões de exemplares em inglês, e sua obra foi traduzida para mais de cinquenta línguas. Grande parte da sua produção literária foi adaptada com sucesso para o teatro, o cinema e a tevê. *A ratoeira*, de sua autoria, é a peça que mais tempo ficou em cartaz, desde sua estreia, em Londres, em 1952. A autora colecionou diversos prêmios ainda em vida, e sua obra conquistou uma imensa legião de fãs. Ela é a única escritora de mistério a alcançar também fama internacional como dramaturga e foi a primeira pessoa a ser homenageada com o Grandmaster Award, em 1954, concedido pela prestigiosa associação Mystery Writers of America. Em 1971, recebeu o título de Dama da Ordem do Império Britânico.

Agatha Mary Clarissa Miller nasceu em 15 de setembro de 1890 em Torquay, Inglaterra. Seu pai, Frederick, era um americano extrovertido que trabalhava como corretor da Bolsa, e sua mãe, Clara, era uma inglesa tímida. Agatha, a caçula de três irmãos, estudou basicamente em casa, com tutores. Também teve aulas de canto e piano, mas devido ao temperamento introvertido não seguiu carreira artística. O pai de Agatha morreu quando ela tinha onze anos, o que a aproximou da mãe, com quem fez várias viagens. A paixão por conhecer o mundo acompanharia a escritora até o final da vida.

Em 1912, Agatha conheceu Archibald Christie, seu primeiro esposo, um aviador. Eles se casaram na véspera do Natal de 1914 e tiveram uma única filha, Rosalind, em 1919. A carreira literária de Agatha – uma fã dos livros de suspense do escritor inglês Graham Greene – começou depois que sua irmã a desafiou a escrever um romance. Passaram-se alguns anos até que o primeiro livro da escritora fosse publicado. *O misterioso caso de Styles* (1920), escrito próximo ao fim da Primeira Guerra Mundial, teve uma boa acolhida da crítica. Nesse romance aconteceu a primeira aparição de Hercule Poirot, o detetive que estava destinado a se tornar o personagem mais popular da ficção policial desde Sherlock Holmes. Protagonista de 33 romances e de mais de cinquenta contos da autora, o detetive belga foi o único personagem a ter o obituário publicado pelo *The New York Times*.

Em 1926, dois acontecimentos marcaram a vida de Agatha Christie: a sua mãe morreu, e Archie a deixou por outra mulher. É dessa época também um dos fatos mais nebulosos da biografia da autora: logo depois da separação, ela ficou desaparecida durante onze dias. Entre as hipóteses figuram um surto de amnésia, um choque nervoso e até uma grande jogada publicitária. Também em 1926, a autora escreveu sua obra-prima, *O assassinato de Roger Ackroyd*. Este foi seu primeiro livro a ser adaptado para o teatro – sob o nome *Álibi* – e a fazer um estrondoso sucesso nos teatros ingleses. Em 1927, Miss Marple estreou como personagem no conto "O Clube das Terças-Feiras".

Em uma de suas viagens ao Oriente Médio, Agatha conheceu o arqueólogo Max Mallowan, com quem se casou em 1930. A escritora passou a acompanhar o marido em expedições arqueológicas, e nessas viagens colheu material para seus livros, muitas vezes ambientados em cenários exóticos. Após uma carreira de sucesso, Agatha Christie morreu em 12 de janeiro de 1976.

Sumário

A Nora Prichard, de quem ouvi a lenda do Campo do Cigano pela primeira vez.

Toda noite e todo amanhecer
Alguns nascem para sofrer.
Toda manhã e todo anoitecer
Alguns nascem para o doce prazer,
Alguns nascem para o doce prazer, sim.
Alguns nascem para uma noite sem fim.

William Blake
Augúrios da inocência

Livro Um

Capítulo I

Em meu fim está meu princípio... Eis uma citação que tenho ouvido com frequência. Soa bem, mas o que realmente significa?

Será que existe um ponto determinado do qual se possa dizer: "Tudo começou naquele dia, em tal momento e lugar, com tal acontecimento?"

Minha história deve ter começado quando vi, pendurado na parede do George and Dragon, um cartaz anunciando a venda em leilão da valiosa propriedade As Torres. Ele continha informações detalhadas referentes à área e ao comprimento e uma fotografia idealizada de As Torres, provavelmente de seus primórdios, há cerca de oitenta, cem anos.

Não estava fazendo nada de especial, só matando tempo, caminhando pela rua principal de Kingston Bishop, um lugar sem a menor importância. Reparei no anúncio do leilão. Por quê? O destino me sorria ou me condenava? As duas opções eram válidas.

Poderia dizer, talvez, que tudo começou quando conheci Santonix, ao longo das conversas que tivemos. Fecho os olhos e vejo: as maçãs do rosto rosadas, os olhos excessivamente brilhantes e o movimento de suas mãos fortes, mas delicadas, que se ocupavam em desenhar plantas e projetos de casas. Uma em especial, uma casa linda, um imóvel que seria maravilhoso possuir!

O anseio por uma casa bela e vistosa, como jamais esperava ter, despontou em minha vida naquele instante. Era um sonho partilhado entre nós – a casa que Santonix construiria para mim, se ele vivesse o suficiente...

Uma casa onde, na minha fantasia, eu moraria com a mulher amada e, como nos contos infantis, viveríamos felizes para sempre. Era só imaginação minha, mas despertou em mim a ânsia por algo que talvez eu jamais tivesse.

Ou, sendo esta uma história de amor – e juro que *é* –, por que não começar do lugar onde, pela primeira vez, avistei Ellie, de pé entre os escuros pinheiros do Campo do Cigano?

Campo do Cigano. Sim, talvez seja melhor começar por aí. No momento em que me afastei do anúncio do leilão, com um leve estremecimento, porque uma nuvem negra tapava o sol, e perguntei despreocupadamente a uma pessoa do local que aparava uma cerca de maneira desordenada nas proximidades:

– Que tal essa casa, As Torres?

Ainda me lembro da estranha expressão no rosto do velho, que, me olhando de lado, respondeu:

– Não é assim que nós a chamamos aqui. Que nome é esse? – Riu em sinal de desaprovação. – Já faz muito tempo que ninguém mora ali e a chama de As Torres – disse e riu de novo.

Perguntei-lhe, então, como *ele* a chamava. Seus olhos, parte daquele rosto enrugado, desviaram-se de mim mais uma vez, à estranha maneira das pessoas do campo, que não falam diretamente com os outros, mas olham para o lado, por sobre os ombros, como se vissem coisas que não vemos. O velho respondeu:

– Aqui a chamam de Campo do Cigano.

– Por que esse nome? – perguntei.

– É uma espécie de lenda. Não sei muito bem. Cada um diz uma coisa. De qualquer forma, é ali que acontecem os acidentes.

– Acidentes de carro?

– Todos os tipos de acidente. Hoje em dia, principalmente acidentes de carro. A curva é muito fechada.

– Bem – ponderei –, se a curva é fechada, não é de se espantar que haja acidentes.

– O Conselho Rural colocou uma placa de advertência, mas não adiantou. Os acidentes continuam acontecendo como antes.

– Por que "cigano"? – perguntei.

Seu olhar desviou-se novamente, e a resposta foi vaga:

– As versões variam. Dizem que ali já foi terra de ciganos. Quando os expulsaram, eles amaldiçoaram o lugar.

Não consegui conter o riso.

– É verdade – ele disse. – Pode rir, mas o fato é que existem mesmo lugares amaldiçoados. Vocês que vêm da cidade, tão espertos, não sabem, mas há lugares realmente amaldiçoados, e esse é um deles. Houve gente que morreu na pedreira ao extrair pedras para a construção. Uma noite, o velho Geordie caiu de lá de cima e quebrou o pescoço.

– Estava bêbado? – eu quis saber.

– Talvez sim. Gostava de tomar umas e outras. Mas há muitos bêbados que têm quedas violentas sem sofrer nenhum dano permanente. Geordie, porém, quebrou o pescoço. Foi ali – apontou para a colina coberta de pinheiros que se encontrava atrás deles –, no Campo do Cigano.

Sim, creio que foi dessa maneira que tudo começou. Na época, não dei muita importância. Só estou lembrando. Acho, quando penso melhor, que devo ter misturado um pouco a história. Não sei se foi antes ou depois que perguntei se ainda havia ciganos na região. O velho respondeu que não havia muitos no momento. A polícia sempre os expulsava, contou. Então, indaguei:

– Por que ninguém gosta de ciganos?

– Eles roubam muito – retrucou em tom de condenação. Depois, olhou-me com mais atenção. – Será que o senhor tem sangue cigano? – insinuou, encarando-me com severidade.

Respondi que não, até onde sabia. É verdade, pareço um pouco com um cigano. Talvez por isso tenha me interessado tanto o nome Campo do Cigano. Pensei, enquanto sorria de volta, divertindo-me com nossa conversa, que talvez tivesse mesmo um pouco de sangue cigano.

Campo do Cigano. Subi pelo caminho sinuoso que saía da aldeia, embrenhei-me por entre as árvores escuras e cheguei, finalmente, ao topo da colina para contemplar o mar e os navios. A vista era maravilhosa. Pensei, distraidamente: "E se o Campo do Cigano fosse *meu*...". Apenas uma ideia disparatada. Quando cruzei novamente com o aparador de cercas, ele me disse:

– Se lhe interessam os ciganos, pode falar com a velha sra. Lee. Mora no chalé que o major deu para ela.

– Quem é o major? – perguntei.

Ele respondeu, com ar de surpresa:

– Ora, o major Phillpot. – Pareceu incomodado com a pergunta. Concluí que o major Phillpot devia ser um "deus" local. A sra. Lee, supus, era uma de suas dependentes, de cuja subsistência ele se encarregava. A família Phillpot, pelo visto, sempre morou ali e mandava no lugar.

Ao me despedir do velho, ele me disse:

– Ela mora no último chalé, no fim da rua. O senhor deverá encontrá-la do lado de fora. Não gosta de ficar dentro de casa, como todos que têm sangue cigano.

E assim lá estava eu, perambulando pela estrada, assobiando e pensando no Campo do Cigano. Já havia quase me esquecido do que ouvira quando me deparei com uma mulher idosa, alta e de cabelos negros, fitando-me por sobre uma cerca de jardim. Soube na hora que era a sra. Lee. Fui falar com ela.

– Me disseram que a senhora poderia me falar sobre o Campo do Cigano – comecei.

Ela encarou-me por entre a franja desgrenhada e disse:

– Não se envolva com isso, meu jovem. Siga o meu conselho. Esqueça esse assunto. Você é um rapaz bonito. Não há nada de bom no Campo do Cigano, e jamais haverá.

– Vi que está à venda – comentei.

– É verdade. E quem o comprar não tem juízo.

– Quem o comprará?

– Há um construtor interessado. Mais de um. Sairá barato, pode apostar.

– Por que sairá barato? – perguntei com curiosidade. – É um bom lugar.

Não me respondeu.

– Suponhamos que o comprador pague pouco. O que fará ali?

Ela deu um risinho discreto, malicioso, desagradável.

– Destruir a velha casa em ruínas e, claro, construir outras casas, vinte, trinta, talvez, todas amaldiçoadas.

Ignorei a última parte da frase e disse:

– Seria uma pena. Uma pena mesmo.

– Ora, não precisa se preocupar. Nenhuma alegria lhes advirá daí, nem aos compradores, nem aos que assentarem os tijolos e a argamassa. Será um pé que escorrega na escada aqui, um caminhão que tomba com a carga ali, uma telha que cai do telhado na cabeça de alguém, as árvores que desabam por conta de uma súbita ventania. O senhor verá! Ninguém pode com o Campo do Cigano. Melhor deixá-lo abandonado. O senhor verá. O senhor verá. – Sacudiu vigorosamente a cabeça e depois repetiu baixinho para si mesma: – *Não há felicidade para quem se envolve com o Campo do Cigano.* Nunca houve.

Eu ri, e ela falou com rispidez:

– Não ria, meu jovem, que um dia esse seu riso pode se transformar em pranto. Nunca houve felicidade ali, nem na casa, nem nas terras.

– O que aconteceu na casa? – perguntei. – Por que está vazia há tanto tempo? Por que a deixaram cair aos pedaços?

– As últimas pessoas que moraram lá morreram, todas.

– Morreram como? – perguntei de curiosidade.

– É melhor não falar mais nisso. A questão é que ninguém quis morar ali depois. A casa foi abandonada, esquecida, e é bom que seja assim.

– Mas a senhora poderia me contar a história – disse, tentando seduzi-la. – A senhora sabe tudo a respeito.

– Não gosto de falar sobre o Campo do Cigano. – Deixou a voz cair numa espécie de lamúria de falso pedinte. – Agora, se quiser, meu rapaz, posso ler sua sorte. É só me dar algumas moedas de prata. O senhor é uma dessas pessoas que têm futuro.

– Não acredito nessa bobagem de leitura da sorte – falei –, e não tenho moedas de prata, não para desperdiçar.

A velha aproximou-se e continuou, querendo me convencer:

– Seis centavos. Faço por seis centavos. O que são seis centavos? Nada. Faço por seis centavos porque o senhor é um bom sujeito, comunicativo e de personalidade. Pode ser que vá longe.

Catei seis centavos no bolso, não porque acreditasse naquela besteira de superstição, mas porque, por algum motivo, simpatizei com a velha impostora, mesmo sabendo de suas artimanhas. Ela pegou as moedas e disse:

– Me dê suas mãos, as duas.

Tomando-me as mãos em suas garras secas, fixou o olhar nas palmas abertas. Fez silêncio por um momento, depois largou minhas mãos abruptamente, como que as empurrando. Deu um passo para trás e falou de maneira ríspida:

– Se sabe o que lhe convém, saia agora mesmo do Campo do Cigano e não volte nunca mais! É o melhor conselho que posso lhe dar. Não volte.

– Por que não? Por que não devo voltar?

– Porque se voltar, só encontrará tristeza, perdas e talvez perigo. Vejo problemas, problemas graves à sua espera. Apague este lugar da memória. Estou avisando.

– Bem, de todas as...

Mas ela virou-se, retirando-se para o chalé, onde entrou e bateu a porta. Não sou supersticioso. Acredito em sorte, claro, quem não acredita? Não, porém, num monte de tolices sobre casas amaldiçoadas caindo aos pedaços. E, mesmo assim, fiquei com a desagradável sensação de que aquela velha sinistra tinha visto *alguma coisa* na minha mão. Olhei para as duas palmas estendidas à minha frente. Como alguém poderia ver algo ali? A quiromancia não passava de rematada insensatez, um simples ardil para arrancar dinheiro dos outros devido à tola credulidade. Olhei para o céu. O sol se escondera, o dia parecia diferente agora. Uma espécie de sombra descia como uma ameaça. Uma tempestade que se aproxima, pensei. O vento começava a soprar, os galhos das árvores balançavam. Assobiei para me animar e caminhei pela estrada atravessando a aldeia.

Olhei novamente para o cartaz que anunciava o leilão de As Torres. Cheguei a anotar a data. Nunca havia participado de um leilão na vida, mas pensei em participar desse. Seria interessante saber quem compraria As Torres, ou seja, quem seria o dono do Campo do Cigano. Sim, creio que foi aí mesmo que tudo começou... Ocorreu-me uma ideia fantástica. Participaria ativamente do leilão, fazendo ofertas, junto com os construtores locais! Quando eles desistissem, desapontados pela alta do preço, *eu* compraria o terreno e pediria a Rudolf Santonix que construísse uma casa para mim ali. Depois, encontraria uma jovem maravilhosa e viveríamos felizes para sempre.

Eu costumava ter sonhos como esse. Naturalmente, nunca se concretizavam, mas eram divertidos. Assim pensava eu, naquela época. Divertimento! Meu Deus, se eu soubesse o que me esperava...

Capítulo 2

Foi por puro acaso que acabei nas imediações do Campo do Cigano naquele dia. Estava num carro alugado levando algumas pessoas de Londres para um leilão, não de uma casa, mas de seu conteúdo. Tratava-se de uma grande casa, especialmente feia, situada nos arredores da cidade. Os passageiros eram um casal idoso que estava interessado, pelo que pude ouvir da conversa, numa coleção de papel machê, fosse lá isso o que fosse. A única menção que ouvira a tal respeito fora feita por minha mãe, referindo-se a bacias para lavar as mãos. Ela dizia que as bacias de papel machê eram muito melhores do que as de plástico! Pareceu-me estranho que pessoas de dinheiro se dispusessem a comprar uma coleção daquele troço.

Arquivei, porém, o fato no fundo da memória. Depois procuraria num dicionário ou leria em algum lugar o que era papel machê. Devia ter certo valor, caso contrário não haveria pessoas dispostas a alugar um carro para levá-las a um leilão no interior. Sempre me interessei por coisas desse tipo. Tinha 22 anos na época e, de alguma forma, já havia adquirido muito conhecimento. Sabia bastante sobre carros, era um bom mecânico e um motorista cuidadoso. Cheguei a trabalhar com cavalos na Irlanda. Quase me envolvi com uma quadrilha de marginais, mas consegui perceber a tempo e me desvencilhar. Um emprego de motorista numa empresa importante de aluguel de carros não é de todo mau. Ganha-se bastante em gorjetas e o trabalho não é tão pesado, apesar de ser chato.

Já trabalhei na colheita de frutas durante o verão. Não ganhei muito com isso, mas me diverti. Tentei muitas coisas. Fui garçom num hotel de terceira classe, salva-vidas numa praia de veraneio, vendedor de enciclopédias, de aspiradores de pó e outros objetos. Fiz trabalho de horticultura num jardim botânico e aprendi um pouco sobre flores.

Jamais me apeguei a coisa alguma. Por que deveria? Achei interessante quase tudo o que fiz. Alguns trabalhos eram mais difíceis do que outros, mas isso não me importava. Não sou preguiçoso. Sou, admito, um tanto irrequieto. Estou sempre querendo ir a todos os lugares, ver tudo, fazer tudo. Estou em busca de *alguma coisa*. É isso! Quero encontrar alguma coisa.

Isso começou quando saí da escola, mas não sabia o que desejava encontrar. Vivia procurando de maneira vaga e em vão. Deveria estar *em algum lugar*. Mais cedo ou mais tarde, eu descobriria tudo a respeito. Talvez fosse uma garota... Gosto de garotas, porém não havia encontrado nenhuma que tivesse maior importância... Gostava de uma, mas logo a trocava por outra. Eram como os empregos que tive: bons por um tempo. Cansava-me e partia para o seguinte. Mudei constantemente de atividade desde que deixei a escola.

Muita gente desaprovava o meu estilo de vida. Queriam o meu bem, como se diz, mas desconheciam o essencial em mim. Queriam que namorasse a sério com uma garota legal, que economizasse dinheiro, que me casasse com ela e me fixasse num bom emprego. Dia após dia, ano após ano, por toda a eternidade, amém. Não para mim, obrigado. Deve haver algo melhor do que isso. Não apenas essa monótona segurança, o velho estado do bem-estar social, claudicando em suas meias medidas! Evidentemente, pensava eu, num mundo em que o homem conseguiu colocar satélites no espaço e em que as pessoas se vangloriam de visitar as estrelas, deve haver *alguma coisa* que nos emocione, que faça nosso coração bater mais forte, que valha a busca mundo afora! Um dia, lembro bem, estava caminhando pela Bond Street. Foi na época em que trabalhava como garçom e estava em serviço. Olhava sapatos numa vitrine. Eram muito elegantes. Como se diz nos anúncios dos jornais: *O que os homens elegantes usam hoje em dia*, junto com uma foto do tal homem elegante. Palavra de honra, é algo bem tosco. Costumava rir desse tipo de propaganda.

Passei da vitrine de calçados para a seguinte. Era uma loja de quadros. Viam-se apenas três pinturas numa vitrine artisticamente arrumada, com uma cortina de veludo fino em cor neutra recolhida no canto de uma moldura dourada. Meio maricas, se entendem o que quero dizer. Não me interesso muito por arte. Entrei na National Gallery uma vez por pura curiosidade. Fiquei exasperado, isso sim. Enormes quadros coloridos de guerras em campos de batalha, santos macilentos cravados de flechas, pinturas de grandes damas com fátuos sorrisos, vestidas de seda, veludo e renda. Cheguei à conclusão, naquele instante, que a arte não era para mim. Mas o quadro que agora me atraía tinha algo de diferente. Havia três pinturas na vitrine. Uma delas era uma paisagem, um pedaço de campo que eu classificaria de medíocre. Outra, uma mulher, representada de maneira tão curiosa, tão fora de proporção, que mal parecia uma mulher. Imagino que seja o que chamam de *art nouveau*. Não entendo nada disso. A terceira foi a que me agradou. Para falar a verdade, não tinha nada de especial. Era... como posso descrevê-la? *Simples*. Bastante espaço vazio e alguns grandes círculos concêntricos, por assim dizer. Tudo em cores diferentes, estranhas e inusitadas. Aqui e ali, manchas coloridas que não pareciam fazer qualquer sentido, mas que significavam alguma coisa, com certeza! Não sou bom em descrições. Só posso dizer que não dava vontade de tirar os olhos do quadro.

eu pudesse olhá-lo o tempo que quisesse. Ocorreu-me, então, de maneira muito natural, que as regras que se aplicam aos quadros não se aplicam a outras mercadorias. Alguém pode entrar num lugar como esse com a roupa toda surrada e ser um milionário querendo aumentar sua coleção. Ou então pode parecer, talvez como eu, um joão-ninguém, tão fascinado por um quadro específico que acabou dando um jeito, sabe-se lá como, de juntar dinheiro para comprá-lo.

– Um magnífico exemplar de obra de arte – disse o vendedor, com o quadro nas mãos.

– Quanto custa? – perguntei sem rodeios.

A resposta tirou-me o fôlego.

– Vinte e cinco mil – respondeu em tom suave.

Sou muito bom em não deixar transparecer minhas emoções no rosto. Conservei-me impassível, acho. O vendedor mencionou um nome que soava estrangeiro, o nome do artista, creio, e comentou que o quadro acabara de ser adquirido, vindo de uma casa de campo, cujos moradores não tinham ideia do que possuíam. Não me deixei perturbar, mas suspirei.

– É muito dinheiro, mas suponho que valha – disse.

Vinte e cinco mil libras. Está brincando!

– Sim – concordou ele, suspirando também. – Vale mesmo. – Abaixou com cuidado o quadro e levou-o de volta para a vitrine. Olhou para mim e sorriu. – O senhor tem bom gosto – disse.

Senti que, de certa maneira, nos entendíamos. Agradeci-lhe e saí para a Bond Street.

Capítulo 3

Não sei muito bem como colocar as coisas no papel, não da maneira como faria um bom escritor. A história do quadro que vi, por exemplo. Não tem muito nexo, ou seja, não resultou em nada, não levou a lugar nenhum e, no entanto, sinto que é importante, que deve se encaixar em algum lugar. Foi, dentre as coisas que me aconteceram, uma das que mais tiveram significado. Assim como o Campo do Cigano e Santonix.

Ainda não falei muito dele. Santonix era arquiteto, como já devem ter percebido. Arquitetura é outra área com a qual tenho pouca intimidade, embora não seja totalmente ignorante em relação ao ramo de construções. Conheci Santonix em minhas perambulações. Eu estava trabalhando como motorista, levando gente rica aos lugares que desejavam. Viajei em algumas ocasiões para o exterior: duas vezes para a Alemanha (eu falava um pouco de alemão), uma ou duas vezes para a França (também arranhava o francês) e uma vez para Portugal. Os passageiros eram, de modo geral, pessoas idosas, com dinheiro e complicações de saúde quase na mesma proporção.

Quando temos contato com esse tipo de pessoa, começamos a pensar que o dinheiro, afinal, não é assim tão importante, levando em consideração os distúrbios coronários, todos os remédios que se tem de tomar o tempo todo e a impaciência em hotéis com relação à comida e ao serviço. Quase todos os ricos que conheci eram bastante infelizes. E também tinham suas preocupações. Impostos e investimentos. Escute-os conversando entre si e com os amigos. Só preocupações! É o que mata a metade deles. Sua vida sexual é outro problema: ou têm mulheres louras, sensuais, de longas pernas, traindo-os com amantes, ou estão casados com mulheres rabugentas, feias de dar dó, censurando-os o tempo todo. Não. Prefiro ser como sou – Michael Rogers, passeando pelo mundo e saindo com mulheres bonitas quando bem entendo!

Era um pouco precário, é verdade, mas tudo bem. A vida era divertida, e isso bastava. Qualquer coisa nos diverte quando somos jovens. Finda a juventude, porém, termina também a diversão.

Por trás de tudo, creio, havia sempre outro fato: a necessidade de alguém ou de alguma coisa... No entanto, para continuar o que estava dizendo, havia um homem de idade que eu costumava levar para a Riviera. Estava construindo uma casa lá. Ia ver como andavam as obras. Santonix era o arquiteto. Não sei muito bem qual a nacionalidade de Santonix. Julguei, a princípio, que fosse inglês, apesar do nome estranho, que eu jamais ouvira antes. Mas não creio que fosse inglês. Escandinavo, talvez. Logo percebi que era uma pessoa doente. Jovem, de tez clara, tinha um rosto fino, meio assimétrico. Tratava os clientes com grande impaciência. Era de se supor que estes, fornecendo o dinheiro, dessem as cartas. Mas não. Era Santonix, sempre seguro de si mesmo, quem mandava no jogo.

Lembro-me que esse homem idoso, ao qual me referi, ficou furioso quando, ao chegar, viu como andavam as obras. Eu costumava ouvir trechos de conversa enquanto esperava para prestar serviços de motorista e faz-tudo. O sr. Constantine parecia estar sempre à beira de um enfarte ou de um derrame cerebral.

– O senhor não fez o que eu mandei! – exclamou, quase aos berros. – Gastou dinheiro demais, além da conta. Não foi o que combinamos. Vai me custar mais do que pensei!

– Tem toda a razão – disse Santonix. – Mas é preciso gastar esse dinheiro.

– Não vai gastá-lo! Não vai gastá-lo. Terá de se manter dentro dos limites que estabeleci. Entendeu?

– Nesse caso, não terá a casa que deseja – falou Santonix. – *Sei* o que quer. A casa que estou construindo será a que espera. Tenho certeza absoluta disso, e o senhor também. Não me venha com essas suas mesquinharias de classe média. O senhor quer uma casa de qualidade e a terá. Poderá se gabar perante os amigos e causar-lhes inveja. Não construo para qualquer um, já lhe disse. Não faço isso só por dinheiro. Essa casa não será igual às de outras pessoas!

– Vai ficar horrível. Horrível!

– Não vai, não. O problema é que *o senhor* não sabe o que quer. Ou, pelo menos, dá essa impressão. Até sabe o que deseja, só que não consegue enxergar com clareza. Mas *eu* consigo. Uma coisa eu sempre sei: o que as pessoas procuram e o que desejam. O senhor gosta de qualidade. E é isso o que lhe darei.

Ele costumava dizer coisas desse tipo. E eu, ali perto, acabava ouvindo. De uma forma ou de outra, pude perceber que aquela casa que estava sendo construída entre os pinheiros e com vista para o mar não seria como as outras. Metade dela não tinha vista para o mar do modo convencional. A vista era voltada para dentro, para a serra, e alcançava uma linha de montanhas que recortava o céu. Era estranho, fora do comum e muito bonito.

Santonix falava comigo às vezes, quando eu não estava a serviço. Dizia:

– Só construo casas para quem quero.

– Pessoas ricas, você quer dizer.

– Claro, porque, do contrário, não teriam como pagar pela casa. Mas não é no dinheiro que penso. Meus clientes têm que ser ricos porque gosto de fazer casas caras. A casa em si não basta. É necessário também uma boa localização. O lugar é tão importante quanto a obra. Como um rubi ou uma esmeralda. Uma bela pedra é apenas uma bela pedra. Não significa nada, não tem forma nem sentido até ser cravada. E o ato de cravar de nada vale sem uma bela pedra. Eu faço a montagem de acordo com o cenário, onde ele exista por si só. O cenário não significa nada até que nele se assente minha casa, cravada orgulhosamente como uma pedra preciosa em suas garras. – Olhou para mim e riu. – Entendeu?

– Acho que não – respondi devagar. – Mas talvez tenha entendido...

– Talvez. – Olhou-me com curiosidade.

Voltamos à Riviera em outra ocasião. A casa estava quase pronta. Não vou descrevê-la porque não saberia como, mas posso dizer que ela era, digamos... especial. E *bonita.* Não tive dúvidas quanto a isso. Uma casa que dava orgulho – orgulho de mostrar para os amigos, orgulho de contemplar, orgulho de morar com a pessoa certa... quem sabe?

– Poderia construir uma casa para *você.* Sei o tipo de casa que desejaria.

Discordei com a cabeça.

– Se nem eu mesmo sei – disse, sendo sincero.

– Talvez não saiba. Mas eu sei. – E acrescentou: – Pena que você não tenha dinheiro.

– E nunca terei – disse.

– Não fale assim! – exclamou Santonix. – Nascer pobre não significa ser pobre para sempre. O dinheiro é uma coisa estranha: vai aonde é desejado.

– Não sou tão sagaz – falei.

– O que lhe falta é ambição. A ambição ainda não despertou em você, mas está aí, saiba.

– Bem, algum dia, quando minha ambição despertar e eu tiver muito dinheiro, contratarei você para construir uma casa para mim.

Santonix suspirou e disse:

– Não posso esperar... Não tenho mais tempo de vida para isso. Uma casa, talvez duas. Não mais. Ninguém *quer* morrer jovem... Às vezes, não tem jeito... Mas isso não importa, imagino.

– Terei que despertar minha ambição logo.

– Não – disse Santonix. – Você tem saúde, está feliz. Não mude seu estilo de vida.

Comentei:

– Não saberia mudar, mesmo se quisesse.

Na época, acreditava nisso. Gostava da minha maneira de viver, estava feliz e gozava de boa saúde. Trabalhava de motorista para muitas pessoas que fizeram fortuna, que trabalharam duro e que, por conta disso, tiveram úlcera, trombose coronária etc. Eu não queria trabalhar duro. Podia fazer ora uma coisa, ora outra, e tanto bastava. Não tinha nenhuma ambição, ou pelo menos era o que achava. Santonix tivera ambição. Dava para ver que projetar casas e construí-las, preparar as plantas e algo mais que eu não compreendia direito, tudo isso acabava com ele. Para começar, nunca fora um homem forte. Às vezes me ocorria a extravagante ideia de que Santonix estava se matando antes do tempo devido ao esforço que fazia para satisfazer a própria ambição. Eu não *queria* trabalhar. Simples. Não gostava de trabalhar, não confiava no trabalho. Lamentava que o ser humano tivesse inventado isso.

Pensava muito em Santonix. Ele me intrigava talvez mais do que qualquer um que eu conhecia. Uma das coisas mais curiosas da vida, creio eu, é o que lembramos. Recordamos do que queremos, parece. Algo dentro de nós faz a escolha. Santonix e sua casa, o quadro na Bond Street, a visita àquela casa em ruínas, As Torres, a história do Campo do Cigano, tudo lembranças deliberadas! Às vezes, eram mulheres que conheci, viagens para lugares novos, transportando clientes. Os clientes eram todos iguais: maçantes. Ficavam sempre no mesmo tipo de hotel e comiam sempre o mesmo tipo de comida sem graça.

Ainda tinha dentro de mim aquela curiosa sensação de estar esperando por alguma coisa, esperando que algo se revelasse, que algo acontecesse, não sei explicar muito bem. Acho que estava procurando mesmo uma mulher, a mulher certa. Isso não significa uma mulher boa e direita com quem me estabilizar, como esperariam minha mãe, o tio Joshua ou alguns amigos meus. Na época, eu não sabia nada em matéria de amor. Só sabia de sexo, como aparentemente todo mundo da minha geração. Falávamos o tempo todo disso e levávamos muito a sério o assunto. Não sabíamos, nem eu nem meus amigos, como seria quando acontecesse. Refiro-me ao amor. Éramos jovens e viris, analisávamos de cima a baixo as meninas que conhecíamos, apreciávamos suas curvas, suas pernas e seus olhares, e nos perguntávamos: "Será que ela vai querer? Será que estou perdendo meu tempo?". E quanto mais meninas conquistássemos, mais nos vangloriávamos, nos sentindo o máximo em relação aos outros e em relação a nós mesmos.

Não fazia a mínima ideia de que havia muito mais do que aquilo. Imagino que aconteça com todo mundo, mais cedo ou mais tarde, e sempre de maneira repentina. Não reagimos como esperamos: "Esta deve ser a garota certa para mim... Esta é a garota que será minha". Pelo menos, não era assim que eu sentia. Não sabia que aconteceria tão subitamente e que eu diria: "Esta é a moça a quem pertenço. Sou *dela*. Pertenço *a ela*, inteiramente, para sempre". Não. Jamais imaginei que pudesse ser assim. Não foi um dos velhos comediantes que disse certa vez, numa das piadas de seu repertório: "Já me apaixonei uma vez e, se soubesse que isso iria acontecer de novo, fugiria?". Foi o mesmo comigo. Se soubesse, se pudesse imaginar o que tudo viria a representar para mim, teria fugido também! Naturalmente, se fosse sensato.

Capítulo 4

Eu não me esquecera do plano de ir ao leilão.

Ainda faltavam três semanas. Restavam-me duas viagens à Europa: uma à França e uma à Alemanha. Foi quando estava em Hamburgo que as coisas chegaram a um ponto crítico. Em primeiro lugar, tomei antipatia pelo casal que conduzia. Representavam tudo o que eu mais odiava. Eram grosseiros, desatenciosos, desagradáveis e suponho que despertaram em mim a sensação de que não poderia continuar a levar aquela vida de servilismo. Fui cuidadoso, veja bem. Cheguei à conclusão de que não os aguentaria nem mais um dia, mas não falei nada. Não adianta entrar em conflito com a firma que nos emprega. Por isso, liguei para o hotel deles, disse que estava doente e enviei um telegrama para Londres dizendo o mesmo – que deveria ficar em repouso e que seria bom, então, mandarem outro motorista para me substituir. Ninguém podia me culpar. Eles não ligavam tanto para mim a ponto de investigar mais a fundo. Concluiriam que a febre alta me impedia de dar notícias. Mais tarde, de volta a Londres, contaria uma grande história sobre a gravidade da minha doença. Mas preferia não voltar. Já estava cansado da profissão de motorista.

Tal rebelião marcou uma virada na minha vida. Por esse e outros motivos, acabei aparecendo no salão de leilões na data marcada.

"Salvo o caso de venda por negociação direta", estava escrito no cartaz original. Como o aviso continuava ali, não havia se efetuado nenhuma venda direta. Fiquei tão empolgado que mal sabia o que estava fazendo.

Confesso que jamais havia participado de um leilão público de imóveis. Achei que seria emocionante, mas não foi. Nem um pouco. Foi um dos espetáculos mais enfadonhos que já vi. Aconteceu num ambiente sombrio, e estavam presentes apenas seis ou sete pessoas. O leiloeiro era muito diferente dos que eu havia visto realizando leilões de móveis ou coisas do gênero, homens de voz alegre, muito cordiais e brincalhões. Aquele, num tom para lá de monótono, elogiou a propriedade, descreveu a área, pronunciou mais algumas palavras e passou logo ao leilão, sem entusiasmo. Alguém fez um lance de cinco mil libras. O leiloeiro esboçou um sorriso, como o de quem ouve uma piada sem graça. Após algumas observações, seguiram-se novos lances. Os presentes eram gente do campo em sua maioria. Um tinha aparência de fazendeiro, outro me pareceu ser um dos construtores concorrentes, e havia mais dois advogados, creio, um dos quais possivelmente vindo de Londres, bem-vestido e com ar de profissional. Não posso assegurar que ele tenha feito algum lance, mas é possível que sim. Neste caso, foi de maneira muito discreta e por meio de gestos. De qualquer forma, no fim do leilão o leiloeiro anunciou, em tom melancólico, que o preço mínimo não havia sido atingido e que as atividades estavam suspensas.

– Que negócio chato – comentei com um dos caipiras que estavam ao meu lado quando saí.

– É sempre assim – ele disse. – Já participou de muitos leilões?

– Não – respondi. – Na verdade, esse foi o primeiro.

– Veio por curiosidade? Não o vi fazer lances.

– Não fiz mesmo – admiti. – Só queria ver como era.

– Bem, é o que acontece muitas vezes. Querem ver apenas quem está interessado.

Olhei-o com ar interrogativo.

– Diria que só três participam – disse o meu amigo. – Wheterby, de Helminster, construtor; depois, Dakham e Coombe, representando alguma firma de Liverpool, parece; e um azarão de Londres, talvez advogado. Deve haver outros participantes, claro, mas creio que esses são os principais. Este terreno será vendido barato, é o que todos dizem.

– Por causa da fama do lugar? – perguntei.

– Então já ouviu falar do Campo do Cigano? Isso é apenas o que diz o pessoal da terra. O Conselho Rural já deveria ter modificado aquela estrada há muitos anos. É uma armadilha fatal.

– Mas o lugar *tem* má fama, não tem?

– É somente superstição, vá por mim. De qualquer forma, o verdadeiro negócio acontecerá nos bastidores, entende? Farão propostas. Imagino que os vencedores serão os dois de Liverpool. Não acho que Wheterby acompanhará. Ele gosta de pechinchas. Hoje em dia, há muitas propriedades à venda para negócio. Afinal de contas, não é todo mundo que pode comprar a propriedade, demolir a casa e construir outra no lugar, concorda?

– Não parece ser tão frequente hoje em dia – concordei.

– É muito difícil. Por causa de impostos e várias outras coisas. Além disso, não se consegue trabalho doméstico no interior. Não. As pessoas preferem pagar milhares por um apartamento de luxo na cidade, situado no décimo andar de um edifício moderno. As grandes casas de campo, difíceis de manter, ficam anos no mercado.

– Mas alguém poderia construir uma casa moderna – argumentei. – Diminuiria o número de empregados.

– *Poderia*, mas é um negócio caro, e as pessoas não gostam de viver isoladas.

– Algumas podem gostar.

Ele riu e nos separamos. Fui andando, carrancudo e confuso. Meus pés me levaram, sem que eu notasse para onde estava indo, pelos caminhos das árvores até a estrada curva que terminava no brejo.

E foi assim que cheguei ao ponto da estrada em que vi Ellie pela primeira vez. Ela estava em pé, ao lado de um grande pinheiro, dando a impressão, digamos, de que tivesse acabado de se materializar. Usava um vestido de tweed verde-escuro, e seu cabelo tinha a cor clara de uma folha de outono, dando-lhe um aspecto meio irreal. Vi-a e parei. Ela me olhava, os lábios entreabertos, ligeiramente surpresa. Creio que eu também parecia surpreso. Queria dizer alguma coisa, mas não sabia exatamente o quê. Falei então:

– Desculpe-me, eu não queria assustá-la. Não sabia que havia alguém aqui.

Ela disse, em tom suave e meigo, com a voz semelhante à de uma menininha:

– Tudo bem. Eu também não achava que ia encontrar alguém aqui. – Olhou em volta e disse: – Este lugar é bem isolado. – E estremeceu levemente.

Soprava um vento bastante frio naquela tarde. Mas talvez não fosse o vento. Não sei. Aproximei-me dois ou três passos.

– Este lugar é assustador, não acha? – perguntei. – Com essa casa em ruínas.

– As Torres – disse. – Era o nome, mas acho que nunca houve nenhuma torre.

– Deve ser apenas um nome – comentei. – As pessoas dão à própria casa nomes como As Torres para passar a impressão de grandiosidade.

Ela deu um leve sorriso.

– Deve ter sido isso – concordou. – Você sabe se esta propriedade é a que estão vendendo ou leiloando?

– Sim – respondi. – Acabei de vir do leilão.

– Ah! – exclamou surpresa. – Estava... está interessado?

– Não me vejo comprando uma casa em ruínas com algumas centenas de acres de área florestada. Não estou nesse nível.

– Foi vendida? – perguntou.

– Não, os lances não alcançaram o mínimo.

– Entendo. – Parecia aliviada.

– Você também não desejava comprá-la, não é? – indaguei.

– Não, é claro que não – respondeu, um pouco nervosa.

Hesitei e depois deixei escapar as palavras que me vieram à boca.

– Estou fingindo – disse. – Evidentemente, não tenho como comprar a casa, por causa de dinheiro, mas estou interessado. *Gostaria* de comprá-la. *Quero* comprá-la. Pode rir se quiser, mas essa é a verdade.

– Mas o lugar não está caindo aos pedaços?

– Sim. Não estou dizendo que a desejo nas condições *atuais*. Minha ideia seria demoli-la e jogar tudo fora. É uma casa feia e deve ter sido muito triste. Mas este local não é triste nem feio. É lindo. Olhe só. Venha por aqui, por entre as árvores. Olhe a vista das colinas e do brejo. Está vendo? Bem, esta é uma vista. Venha por aqui...

Tomei-a pelo braço e levei-a a outro ponto do local. Se estávamos nos comportando de forma pouco convencional, ela não chegou a notar. De qualquer maneira, não a segurava com segundas intenções. Queria apenas lhe mostrar o que eu via.

– Aqui vemos o mar e as pedras. Existe uma aldeia no meio, mas não conseguimos ver por causa das montanhas. E, numa terceira direção, vemos um vale de florestas. Imagine se cortarmos as árvores, abrirmos clareiras e limparmos o terreno em volta, que linda casa se pode construir! Não no mesmo lugar da outra. A uns cinquenta, cem metros de distância. Uma casa maravilhosa, construída por um arquiteto genial.

– Conhece arquitetos geniais? – questionou.

– Conheço um – respondi.

E então falei de Santonix. Sentamos, lado a lado, num tronco de árvore e começamos a conversar. Sim, conversei com aquela menina esguia que nunca tinha visto e lhe falei, com toda sinceridade, a respeito do meu sonho.

– Isso não acontecerá – disse. – Sei muito bem. Não há como acontecer. Mas pense. Acompanhe meu raciocínio. Cortaríamos as árvores, limparíamos o terreno, plantaríamos rododendros e azaleias, e então viria o meu amigo Santonix. Iria tossir um bocado, porque está morrendo de tuberculose ou algo parecido, mas seria capaz de realizar a obra antes de morrer. Poderia construir uma casa maravilhosa. Você não faz ideia das casas que ele constrói. Só trabalha para gente rica, que sabe o que quer. Não no sentido pequeno da palavra. Gente que deseja realizar seus sonhos, que busca algo grandioso.

– Gostaria de ter uma casa assim – disse Ellie. – Você me faz vê-la, senti-la... É verdade, seria um ótimo lugar para morar, a concretização de um sonho. Aqui se pode viver livre, sem limitações, sem ter que fazer só o que as pessoas querem. Estou tão cansada da minha vida, das pessoas à minha volta, de *tudo*!

Foi assim que começamos, eu e Ellie. Eu, com os meus sonhos, e ela revoltada com a vida que levava. Paramos de falar e nos olhamos.

– Qual o seu nome? – perguntou ela.

– Mike Rogers – respondi. – Michael Rogers – corrigi. – E o seu?

– Fenella. – Hesitou um pouco e completou: – Fenella Goodman – disse, olhando-me com semblante ligeiramente perturbado.

Aquilo não parecia nos levar muito longe, mas continuamos a nos olhar. Queríamos marcar um novo encontro, mas não sabíamos como expressá-lo.

Capítulo 5

Bem, foi assim que tudo começou entre mim e Ellie. O prosseguimento não foi tão rápido, porque tínhamos nossos segredos. Existiam coisas que desejávamos ocultar um do outro e que nos impediam de revelar tudo a nosso respeito, criando entre nós uma espécie de barreira, por assim dizer. Não podíamos perguntar simplesmente: "Quando nos encontraremos de novo? Onde posso encontrá-la? Onde você mora?", porque quem pergunta isso tem de responder o mesmo.

Fenella pareceu-me apreensiva ao dizer seu nome, tanto que julguei por um momento não ser aquele o seu nome verdadeiro. Cheguei a pensar que tinha sido inventado! Mas senti que isso era impossível, pois eu tinha dito o meu verdadeiro nome.

Não sabíamos direito como nos despedir um do outro naquele dia. Foi embaraçoso. Estava esfriando e queríamos sair dali, mas para onde? Meio desajeitado, perguntei:

– Você mora aqui perto?

Ela respondeu que morava em Market Chadwell, uma cidade comercial não muito distante. Havia um grande hotel três estrelas lá. Devia ser onde ela morava, supus. Fenella perguntou-me, com a mesma falta de jeito:

– Você mora aqui?

– Não – respondi –, não moro aqui. Estou só passando o dia.

Fez-se outro silêncio constrangedor entre nós. Ela começou a tremer um pouco, por causa do vento frio que soprava.

– É melhor caminhar – sugeri –, para aquecer. Você está de carro ou vai de ônibus ou trem?

Respondeu que havia deixado o carro na aldeia.

– Mas fique tranquilo – disse.

Parecia um pouco nervosa. Pensei que talvez quisesse se livrar de mim, mas não sabia como. Então, dei uma ideia:

– Por que não vamos juntos até a aldeia?

Lançou-me um rápido olhar de agradecimento. Descemos devagar pela estrada sinuosa em que tantos acidentes de carro haviam ocorrido. Ao chegarmos a uma curva, um vulto surgiu de repente da sombra de um pinheiro. Apareceu de modo tão repentino que Ellie deu um pulo e soltou um "Oh!". Era a velha que eu tinha visto outro dia no jardim do chalé: a sra. Lee. Estava muito mais desajeitada agora, com os cabelos pretos desgrenhados esvoaçando ao vento e um manto escarlate cobrindo-lhe os ombros. Com a postura dominadora que assumiu, parecia mais alta.

– O que estão fazendo por aqui, meus queridos? – perguntou. – O que os traz ao Campo do Cigano?

– Ah! Não estamos invadindo nenhuma propriedade particular, não é?

– Imagino que não. Esta já foi terra de ciganos, e dela nos expulsaram. Nada de bom há para fazer aqui e nenhum bem lhes advirá de perambular pelo Campo do Cigano.

Ellie não reagiu. Não era desse tipo. Disse educadamente:

– Peço desculpas se não devíamos estar aqui. Achei que esta propriedade estivesse à venda.

– Má sorte de quem a comprar! – praguejou a velha. – Ouça bem, minha lindinha, má sorte de quem a comprar. Há uma maldição sobre esta terra, maldição que data de muitos anos. Afastem-se dela. Não se envolvam com o Campo do Cigano. A morte e o perigo os espreitarão! Voltem para casa pelo mar e não retornem aqui. Depois não digam que não avisei.

– Mas não estamos fazendo nada de errado.

– Sra. Lee – eu disse –, não assuste a jovem.

Virei-me para Ellie, para explicar.

– A sra. Lee mora na aldeia, em um chalé mais adiante. Ela lê a sorte e prevê o futuro. É isso, não, sra. Lee? – perguntei em tom jocoso.

– Tenho o dom – limitou-se a dizer, aprumando ainda mais seu feitio de cigana. – Tenho o dom. Nasci com ele. Todos nós temos. Lerei sua sorte, mocinha. Bastam algumas moedas de prata e lerei sua sorte.

– Não sei se quero que leiam minha sorte.

– É bom. Saber do futuro. Saber o que evitar, saber o que nos espera se não tomarmos cuidado. Vamos, há muito dinheiro em sua bolsa. Sei de coisas que lhe seria prudente conhecer.

Acredito que a compulsão de que lhes leiam a sorte é quase invariável nas mulheres. Já havia percebido isso nas garotas que conheci. Quase sempre tinha de pagar quiromantes para elas quando íamos a uma feira. Ellie abriu a bolsa e colocou duas moedas de meia coroa na mão da velha.

– Ah, minha linda, agora sim. Você ouvirá o que a velha Lee tem a lhe dizer.

Ellie tirou as luvas e descansou a pequena e delicada palma nas mãos da sra. Lee. Esta a examinou, murmurando para si mesma:

– O que estou vendo aqui? O que estou vendo?

Largou abruptamente a mão de Ellie.

– Se eu fosse você, iria embora daqui agora mesmo. Vá e não volte! Foi o que acabei de dizer e é verdade. Vi de novo na palma da sua mão. Esqueça-se do Campo do Cigano, apague-o de sua memória. Não é só a casa em ruínas que está amaldiçoada. É a própria terra.

– A senhora insiste nisso – interrompi de maneira ríspida. – Seja como for, esta jovem não tem nada a ver com as terras daqui. Está só passeando. Não tem nenhuma relação com a vizinhança.

A velha não me deu atenção. Prosseguiu com austeridade:

– Estou lhe avisando, minha lindinha. Você pode ter uma vida feliz, mas deve evitar o perigo. Não venha para um lugar em que há perigo e maldição. Vá para onde seja amada e cuidada. Você precisa se resguardar. Lembre-se disso. Do contrário... do contrário... – estremeceu... – não gosto de ver, não quero ver o que diz a sua mão.

De súbito, num gesto brusco, ela devolveu as duas moedas de meia coroa para Ellie, resmungando alguma coisa que não conseguimos ouvir direito. Algo como "Que crueldade, que crueldade o que está para acontecer". E, dando as costas, foi embora a passos largos.

– Que mulher assustadora! – disse Ellie.

– Não dê atenção ao que ela diz – falei um pouco irritado. – De qualquer forma, creio que não regula muito bem. Só queria assustar. Eles têm uma relação estranha com este lugar.

– Ocorreram muitos acidentes aqui? Aconteceram coisas ruins?

– É normal haver acidentes. A estrada é muito estreita e a curva, fechada. Os conselheiros municipais deveriam ser fuzilados por não tomarem providências. É claro que ocorrerão acidentes aqui. Não existem placas de aviso suficientes.

– Só acidentes... ou outras coisas?

– Olhe – eu disse –, certas pessoas gostam de colecionar desastres. Desastre é o que não falta. É assim que se criam as lendas a respeito de um determinado lugar.

– É por isso que dizem que esta propriedade será vendida por um preço baixo?

– Talvez. Se a venda for local. Creio, porém, que não será vendida para gente daqui. Acho que será comprada para negócio. Você está tremendo de frio – comentei. – Vamos andar mais rápido. – Acrescentei: – Você prefere que nos separemos antes de chegar à cidade?

– Não, claro que não. Por quê?

Fiz uma arremetida desesperada:

– Olhe, ficarei amanhã em Market Chadwell. Não sei se você ainda estará lá... Digo, existe alguma possibilidade de tornar a vê-la? – Arrastei os pés e virei a cabeça para o lado. Devo ter enrubescido. Mas, se não dissesse alguma coisa *naquele momento*, como iria continuar?

– Claro – respondeu ela –, só voltarei para Londres no final da tarde.

– Bem, nesse caso, talvez você aceitasse... Que atrevimento da minha parte!

– De modo algum. Prossiga.

– Pensei em convidá-la para tomar um chá comigo numa cafeteria, acho que se chama Blue Dog. Um lugar muito simpático – disse. – É, digamos assim... – Como não consegui encontrar a palavra adequada, usei a expressão que ouvira de minha mãe, uma ou duas vezes: – Um lugar próprio para senhoras – falei com ansiedade.

Ellie riu. Creio que não se usa mais essa expressão hoje em dia.

– Tenho certeza de que será muito agradável – ela disse. – Estarei lá às quatro e meia, mais ou menos. Está bem?

– Vou esperar – disse. – Fico feliz.

Não expliquei, porém, por que estava feliz.

Chegamos à última curva da estrada, onde começavam as casas.

– Então, até logo. Até amanhã – me despedi. – E, por favor, esqueça o que disse aquela velha bruxa. Ela gosta de assustar as pessoas. Não bate muito bem – acrescentei.

– Você acha o lugar assustador? – perguntou Ellie.

– O Campo do Cigano? Não acho – respondi, de forma demasiadamente categórica, mas fui sincero. Considerava-o, como antes, um lugar bonito, um belo local para uma linda casa...

Bem, assim se deu o meu primeiro encontro com Ellie. Estava em Market Chadwell no dia seguinte, à sua espera no Blue Dog, quando ela apareceu. Tomamos chá e conversamos. Ainda não falamos muito sobre nós mesmos, sobre nossa vida. Conversamos mais a respeito do que pensávamos e sentíamos. Ellie, então, consultando o relógio de pulso, anunciou que precisava ir, porque o trem para Londres partia às cinco e meia...

– Pensei que estivesse de carro – comentei.

Ela ficou um pouco sem jeito, explicando que o carro do dia anterior não era seu. Não falou de quem era. Aquela sombra de constrangimento pairou sobre nós mais uma vez. Fiz sinal para o garçom, paguei a conta e perguntei a Ellie, sem rodeios:

– Poderei vê-la novamente algum dia?

Ela desviou o olhar, olhando para baixo, e respondeu:

– Ficarei em Londres por mais duas semanas.

Perguntei:

– Onde? Como?

Marcamos um encontro no Regent's Park para três dias depois. O dia estava lindo. Comemos num restaurante ao ar livre e caminhamos no Queen Mary's Gardens, onde sentamos em espreguiçadeiras e ficamos conversando. Daquele momento em diante, começamos a falar de nós mesmos. Contei-lhe que tinha alguma instrução, mas que, fora isso, não era tão prendado. Falei dos trabalhos que tivera, ou pelo menos de alguns, e que nunca me fixava em nada, procurando sempre alguma coisa nova. Curiosamente, ela ficou fascinada em ouvir tudo isso.

– Tão diferente – disse –, tão maravilhoso.

– Diferente de quê?

– De mim.

– Você é rica? – perguntei em tom de provocação. – Uma pobre menina rica?

– Sim – respondeu ela –, sou uma pobre menina rica.

Contou-me, então, de modo fragmentado, sobre sua criação em berço de ouro, o conforto sufocante, o tédio, a impossibilidade de escolher os próprios amigos, a frustração de não poder fazer o que desejava. Via as pessoas se divertindo, e ela não. Perdera a mãe quando era criança, e o pai casara-se de novo. Poucos anos depois, ele também falecera. Pelo que pude perceber, Ellie não gostava muito da madrasta. Vivera a maior parte do tempo nos Estados Unidos, mas fizera frequentes viagens ao exterior.

Ouvindo-a falar, parecia-me fantástico que uma jovem, naquela idade e naquela época, pudesse viver tão vigiada e confinada. É verdade, tinha seus momentos de lazer, mas, pela sua maneira de falar, parecia referir-se a cinquenta anos antes. Aquilo não podia ser *diversão*! Nossa vida diferia totalmente. De certa maneira, fascinava-me ouvi-la, mas tudo aquilo me parecia absurdo.

– Quer dizer que você não teve amigos? – perguntei, incrédulo. – E namorados?

– São escolhidos para mim – disse, com amargura. – São todos chatos.

– É como estar numa prisão – resumi.

– É mesmo.

– E você não tem nenhum amigo ou amiga?

– Agora tenho uma amiga. Greta.

– Quem é Greta? – indaguei.

– Veio primeiro como babá... não exatamente isso, mas, de qualquer maneira, uma moça francesa veio morar conosco por um ano para me ensinar francês, e depois veio Greta, da Alemanha, para me ensinar alemão. Tudo mudou com a chegada de Greta.

– Você gosta muito dela, não? – perguntei.

– Ela me ajuda – contou Ellie. – Está do meu lado. Faz de tudo para que eu possa fazer as coisas e ir aos lugares que eu quero. É capaz de mentir por mim. Se não fosse por Greta, eu não poderia ter ido ao Campo do Cigano. Ela me faz companhia e cuida de mim em Londres enquanto minha madrasta está em Paris. Escrevo duas ou três cartas e, se saio para algum lugar, Greta as põe no correio, a cada três ou quatro dias, para que tenham o carimbo de Londres.

– Por que decidiu ir ao Campo do Cigano? – perguntei. – Para quê?

Não respondeu imediatamente.

– Greta e eu organizamos tudo – disse. – Ela é maravilhosa – acrescentou. – Pensa em tudo, dá ideias.

– Como ela é?

– Ah, é linda – respondeu. – Alta, loura. Sabe fazer qualquer coisa.

– Acho que não vou gostar dela – comentei.

Ellie riu.

– Vai sim. Tenho certeza disso. Ela é muito inteligente também.

– Não gosto de moças inteligentes – disse. – E não gosto de mulheres altas e louras. Gosto de meninas pequenas, com cabelos cor de folhas de outono.

– Acho que você está com ciúme de Greta – provocou Ellie.

– Talvez esteja. Você gosta muito dela, não gosta?

– Sim, *adoro.* Graças a ela, minha vida mudou por completo.

– E foi ela quem sugeriu que você fosse lá. Por que, pergunto eu. Não há muito o que ver ou fazer ali. Me parece muito misterioso.

– É um segredo nosso – falou Ellie, meio sem jeito.

– Seu e de Greta? Conte para mim.

Fez que não com a cabeça.

– Tenho o direito de ter *alguns* segredos – argumentou.

– Greta sabe que você está se encontrando comigo?

– Sabe que estou me encontrando com alguém. Só isso. Ela não me faz perguntas. Sabe que estou feliz.

Depois disso, não a vi por uma semana. A madrasta tinha voltado de Paris com um sujeito a quem Ellie chamava de tio Frank e explicou, de modo casual, que ia fazer aniversário e que estavam organizando uma grande festa em Londres.

– Não poderei me ausentar – disse. – Não na semana que vem. Mas depois, depois será diferente.

– Por que depois será diferente?

– Poderei fazer o que bem entender.

– Com a ajuda de Greta? – perguntei.

Ellie costumava rir de como eu falava de Greta. Dizia:

– Seu bobo! Não precisa ter ciúme. Um dia você a conhecerá. Tenho certeza de que gostará dela.

– Não gosto de moças mandonas – afirmei, obstinadamente.

– Por que acha que ela é mandona?

– Por causa do modo como você fala dela. Está sempre organizando as coisas.

– É muito eficiente – disse Ellie. – Organiza tudo muito bem. É por isso que minha madrasta confia tanto nela.

Perguntei-lhe sobre o tio Frank.

– Para falar a verdade, não o conheço tão bem. Era o marido da irmã de meu pai. Não somos parentes diretos. Sempre me pareceu uma pessoa instável, e se envolveu em confusão mais de uma vez. Você sabe como as pessoas falam dos outros fazendo insinuações.

– Tem má reputação? – indaguei. – Não presta?

– Imagino que não seja tão mau, mas costumava se meter em enrascadas de ordem financeira e tinha de ser socorrido por fiduciários, advogados e amigos, que pagavam as dívidas.

– Entendi. É a ovelha negra da família – concluí. – Acho que me daria melhor com ele do que com o modelo de perfeição que é Greta.

– Ele sabe ser simpático quando quer – comentou Ellie. – É uma boa companhia.

– Mas você não gosta muito dele? – perguntei com certa rispidez.

– Acho que gosto... É que às vezes... Não sei como explicar. Não dá para saber o que está tramando.

– É do tipo estrategista, não?

– Não sei exatamente – repetiu Ellie.

Ellie jamais sugeriu que eu conhecesse alguém de sua família. Perguntei-me, algumas vezes, se deveria dizer-lhe alguma coisa. Não sabia o que ela pensava a respeito. Acabei perguntando-lhe:

– Ellie, você acha que eu deveria conhecer sua família, ou é melhor não?

– Não quero que você os conheça – respondeu na hora.

– Sei que não sou muito... – comecei a me explicar.

– Não digo *nesse* sentido, imagine! É que eles fariam um estardalhaço. Detesto encrenca.

– Às vezes me sinto como um clandestino. Fico mal nessa situação, não acha?

– Já tenho idade de ter meus próprios amigos – disse Ellie. – Estou com quase 21 anos. Quando fizer 21, poderei ter os amigos que quiser, e ninguém poderá me impedir. Mas, por enquanto, como falei, daria a maior confusão, e eles me levariam para algum lugar onde não pudesse me encontrar com você. É melhor deixar as coisas como estão.

– Se você diz, concordo. Só não queria que fosse tudo tão às escondidas.

– Não está sendo às escondidas. Tenho um amigo com quem conversar e trocar ideias. Alguém – sorriu de repente – com quem fazer de conta. Você não sabe como é maravilhoso.

Sim, houve muito "faz de conta"! Nossos encontros, cada vez mais, assumiam esse aspecto. Às vezes era eu, às vezes era ela quem dizia: "Suponhamos que comprássemos o Campo do Cigano e que construíssemos uma casa lá".

Falei-lhe bastante de Santonix e das casas que construíra. Procurava descrever o tipo de construção e sua forma de encarar as coisas. Minha descrição não devia ser das melhores, porque não sou bom nisso, mas Ellie, sem dúvida, tinha sua própria ideia da casa, a nossa casa. Não falávamos assim – "nossa casa" – mas sabíamos que era isso...

Assim, durante mais de uma semana, não vi Ellie. Juntei tudo o que havia economizado (nem era muito) e comprei-lhe um pequeno anel de trevo verde, de pedra irlandesa. Foi meu presente de aniversário. Ela adorou. Ficou muito feliz.

– Lindo! – exclamou.

Não costumava usar muitas joias, mas, quando usava, eram diamantes, esmeraldas e pedras preciosas verdadeiras, com certeza. De qualquer forma, meu anel irlandês agradou-lhe.

– Será meu presente de aniversário favorito – disse.

Recebi depois um bilhete apressado avisando que ia viajar com a família para o sul da França logo após a festa.

"Mas não se preocupe", escreveu, "estaremos de volta em duas ou três semanas, dessa vez a caminho da América. De qualquer forma, nos encontraremos de novo. Tenho algo especial para lhe falar."

Senti-me impaciente e incomodado por não ver Ellie e por saber que ela tinha ido à França. Recebi também algumas notícias sobre a propriedade do Campo do Cigano. Parece que tinha sido vendida diretamente, mas não havia muita informação a respeito de quem a comprara. Aparentemente uma firma de advocacia londrina. Procurei saber mais, em vão. A firma em questão era muito astuta. Não me aproximei dos chefes, claro, mas fiquei amigo de um dos empregados, de quem obtive algumas informações vagas. A propriedade tinha sido comprada por um cliente muito rico, que pretendia conservá-la como bom investimento, sujeito a valorização à medida que as terras naquela região do país se desenvolvessem.

É muito difícil descobrir coisas desse tipo quando estamos lidando com firmas seletas. Tudo se torna "segredo de Estado"! Todos estão sempre representando alguém cujo nome não pode ser mencionado! Ofertas públicas de aquisição, nem pensar!

Caí num terrível estado de inquietação. Parei de pensar em tudo aquilo e fui visitar minha mãe.

Fazia tempo que não a visitava.

Capítulo 6

Minha mãe morava na mesma rua em que vivera nos últimos vinte anos, uma rua de casas sem graça, todas honestas e desprovidas de qualquer espécie de beleza ou interesse. O degrau da porta de entrada estava, como sempre, limpinho. O número da casa era 46. Toquei a campainha. Minha mãe abriu a porta e ficou ali, olhando para mim. Ela também não tinha mudado. Alta e magra, cabelos grisalhos repartidos no meio, boca parecida com uma ratoeira e o olhar sempre desconfiado. Parecia dura como pedra, mas, em algum lugar recôndito de seu ser, era doce. Não o demonstrava, mas eu sabia. Sempre quis que eu fosse diferente. Seus desejos, no entanto, nunca se concretizariam. Havia entre nós uma perpétua barreira.

– Ah, é você! – exclamou.

– Sim, sou eu.

Afastou-se um pouco para me deixar entrar. Passei pela sala e fui direto para a cozinha, acompanhado por ela, que me olhava.

– Quanto tempo! – disse. – O que tem feito?

Dei de ombros.

– Várias coisas – falei.

– Como sempre, não é?

– Sim, como sempre – concordei.

– Quantos empregos teve desde a última vez que o vi?

Pensei um pouco.

– Cinco – respondi.

– Queria que amadurecesse.

– Já sou adulto – retruquei. – Tenho a minha forma de viver. E a senhora, como vai? – perguntei.

– Também como sempre – respondeu minha mãe.

– Bem de saúde e essas coisas?

– Não tenho tempo para ficar doente – declarou. Depois, indagou abruptamente: – Por que você veio aqui?

– Devo ter algum motivo específico para vir?

– Geralmente você tem.

– Não sei por que se opõe tanto às minhas viagens pelo mundo – falei.

– Dirigir carros de luxo continente afora! Essa é sua ideia de conhecer o mundo?

– Sim.

– Você não vai progredir muito desse jeito, abandonando empregos com um dia de aviso, ficando doente e largando clientes em cidades desabitadas.

– Como soube disso?

– Ligaram da sua empresa. Queriam saber se eu tinha seu endereço.

– O que queriam comigo?

– Acho que recontratá-lo – comentou. – Não sei por quê.

– Porque sou um bom motorista e os clientes gostam de mim. De qualquer maneira, não tenho culpa de ter ficado doente, concorda?

– Não sei – disse minha mãe.

Dava para ver que me julgava culpado.

– Por que não se apresentou à empresa quando voltou à Inglaterra?

– Porque tinha outros planos – retorqui.

Franziu a testa.

– Mais planos? Mais ideias extravagantes? Que trabalhos você fez desde então?

– Trabalhei num posto de gasolina; numa oficina, como mecânico; num escritório, como auxiliar; e no restaurante de uma boate, como lavador de pratos.

– Cada vez pior – disse minha mãe, com uma espécie de satisfação cruel.

– Nada disso – cortei. – Tudo isso faz parte do plano. Meu plano!

Ela suspirou.

– O que quer tomar, chá ou café? Tenho os dois.

Optei por café. Desabituei-me de tomar chá. Sentamos com as xícaras à frente, e ela, tirando da lata um bolo feito em casa, cortou uma fatia para cada um.

– Você está diferente – disse ela, de repente.

– Diferente como?

– Não sei. Só sei que está diferente. O que aconteceu?

– Não aconteceu nada. O que poderia ter acontecido?

– Você está tão animado – disse.

– Vou roubar um banco – falei.

Ela não estava com humor para brincadeiras. Limitou-se a dizer:

– Você não fará isso.

– Por que não? Pode ser uma forma de enriquecer rápido hoje em dia.

– Daria muito trabalho – ela disse. – E exigiria muito planejamento, muito esforço mental, mais do que você estaria disposto a fazer. E, além disso, não é suficientemente seguro.

– A senhora acha que sabe tudo sobre mim – soltei.

– Não acho. Na verdade, não sei nada sobre você, porque somos totalmente diferentes. Mas sei quando está metido em alguma coisa, como agora. O que é, Micky? É uma garota?

– Por que acha isso?

– Sempre soube que iria acontecer algum dia.

– O que quer dizer com "algum dia"? Tive um monte de namoradas.

– Não falo disso. Isso é normal para um jovem à toa. Você teve muitas namoradas, mas nunca levou nenhuma a sério até agora.

– E acha que agora estou levando a sério?
– Acertei, Micky?
Não a encarei. Desviei o olhar e disse:
– Em parte, sim.
– Como ela é?
– A pessoa certa para mim – assegurei.
– Você vai trazê-la para me apresentar?
– Não – respondi.
– É assim, não é?
– Não. Não quero magoá-la, mas...
– Você não está me magoando. Não quer que eu a conheça com medo de que a desaprove, não é isso?
– Não tenho medo disso.
– Talvez não, mas isso o abalaria. No fundo, ficaria tocado, porque você dá importância ao que digo e penso. Já adivinhei muitas coisas a seu respeito e talvez tenha adivinhado agora. Você sabe. Sou a única pessoa neste mundo capaz de abalar sua autoconfiança. É alguma garota malvada que o está dominando?
– Malvada? – repeti, rindo. – Se a conhecesse! A senhora me faz rir.
– O que você quer de mim? Quer alguma coisa. É sempre assim.
– Preciso de dinheiro – admiti.
– Não vou lhe dar nada. Precisa de dinheiro para quê? Para gastar com essa moça?
– Não – respondi. – Quero comprar um terno caro para me casar.
– Vai se casar com ela?
– Se ela aceitar.
Essa declaração impressionou-a.
– Você deveria me contar as coisas! – disse. – Pelo visto, está totalmente apaixonado. Sempre temi que escolhesse a mulher errada.
– Mulher errada? Que ideia absurda! – gritei. Estava furioso.
Saí da casa batendo a porta.

Capítulo 7

Quando cheguei em casa, havia um telegrama esperando por mim vindo de Antibes.

Encontre-se comigo amanhã, às quatro e meia, no lugar de sempre.

Ellie estava diferente, reparei na hora. Nós nos encontramos no Regent's Park, como de costume, e a princípio ficamos um pouco sem graça. Eu tinha algo a lhe dizer e não sabia como. Creio que todo homem se sente assim quando chega o momento de propor casamento.

Ela também estava estranha por algum motivo. Talvez estivesse pensando na maneira mais delicada de me dizer "não". Será? Eu não achava isso. Toda a confiança que depositava na vida se baseava no fato de que Ellie me amava. Mas a sua nova atitude de independência e autoconfiança não podia decorrer somente do fato de estar um ano mais velha. Um aniversário a mais não pode modificar tanto uma garota. Ela me contou um pouco sobre a viagem ao sul da França com a família. E então, meio sem jeito, disse:

– Vi aquela casa, de que você me falou, construída pelo seu amigo arquiteto.

– Quem? Santonix?

– Sim. Fomos almoçar lá um dia.

– Como foi isso? Sua madrasta conhece o morador?

– Dmitri Constantine? Não exatamente. Ela o conheceu, mas foi Greta quem tomou as providências para que fôssemos lá.

Fiquei ali, com a estranha sensação de que algo fora do comum havia acontecido comigo. Aqueles sapatos elegantes, agora gostaria de usá-los. A verdade é que me preocupo bastante com as minhas roupas. Gosto de me vestir bem para causar boa impressão, mas nunca na vida havia pensado seriamente em comprar sapatos na Bond Street. Cobram os olhos da cara. Quinze libras um par de sapatos! São feitos à mão, parece, o que valoriza o produto. Dinheiro jogado fora. Tudo bem que são sapatos de luxo, mas o luxo custa caro demais. Seria loucura gastar com isso.

Mas aquele quadro, quanto custaria? Fiquei me perguntando. E se eu o comprasse? "Você está louco", disse a mim mesmo. "Você geralmente não se interessa por quadros." Verdade. Mas eu queria aquele quadro... Gostaria que fosse *meu*. Gostaria de pendurá-lo na parede, sentar-me para contemplá-lo o tempo que quisesse, sabendo que *me* pertencia! *Eu*, comprando quadros! Parecia uma ideia maluca. Olhei de novo para a pintura. Não fazia sentido eu querer aquele quadro e, de qualquer forma, não sabia se teria como pagar. Acontece que, no momento, eu estava com algum dinheiro, graças a um feliz palpite na corrida de cavalos. Quanto custaria aquele quadro? Uma fortuna. Vinte libras? Vinte e cinco? Bem, não custava nada perguntar. O que poderia acontecer? Entrei num impulso e um tanto quanto na defensiva.

O interior da loja era muito silencioso e solene. O clima era de quietude, com paredes em cores neutras e um pequeno sofá aveludado para sentar e apreciar os quadros. Um homem, que lembrava o modelo de elegância dos anúncios publicitários, veio me atender, falando baixinho, de modo condizente com o local. Curiosamente, ele não possuía aquele ar de superioridade típico dos vendedores das lojas de luxo da Bond Street. Ouviu o que eu tinha a dizer e depois tirou o quadro da vitrine, segurando-o contra uma parede para que

– Greta de novo – eu disse, deixando escapar a exasperação de sempre na voz.

– Eu falei que Greta é ótima em combinar as coisas.

– Tudo bem. Então ela combinou que você e sua madrasta...

– E o tio Frank – acrescentou Ellie.

– Um verdadeiro encontro de família – falei. – E Greta também foi, imagino.

– Não, Greta não foi porque... – Ellie hesitou. – Cora, minha madrasta, não a considera tanto assim, digamos.

– Ela não faz parte da família, é apenas uma parente pobre, não? – perguntei. – Na verdade, uma simples empregada. Greta deve ficar ressentida de ser tratada dessa maneira.

– Ela não é a empregada, mas uma espécie de companheira para mim.

– Uma acompanhante – resumi –, uma cicerone, uma dama de companhia, uma governanta. Existem muitos sinônimos.

– Fique quieto – ordenou Ellie. – Quero lhe contar. Compreendo agora o que você disse a respeito de seu amigo Santonix. A casa é maravilhosa. É bastante *diferente.* Tenho certeza de que, se construísse uma casa para nós, seria linda.

Ela usou a palavra inconscientemente. *Nós*, foi o que disse. Tinha ido à Riviera e pedido a Greta que a levasse para conhecer a casa descrita por mim porque desejava ter uma visão mais clara da casa que Rudolf Santonix, no nosso mundo de sonhos, construiria para nós.

– Fico feliz de que tenha achado isso – comentei.

Ela quis saber:

– O que você tem feito?

– O mesmo trabalho monótono de sempre – respondi. – Fui a uma corrida de cavalos e apostei num azarão: trinta para um. Apostei todo o que dinheiro que tinha, e o cavalo ganhou com grande vantagem. Quem foi que disse que não tenho sorte?

– Que bom que ganhou – disse Ellie, sem entusiasmo, porque apostar todo o dinheiro num azarão e o cavalo vencer não significava nada em seu mundo, diferente do meu.

– E fui visitar minha mãe – acrescentei.

– Você nunca me falou muito de sua mãe.

– Por que deveria?

– Não gosta dela?

Parei para pensar e respondi:

– Não sei. Às vezes acho que não. Afinal, amadurecemos e superamos nossos pais. Mãe e pai.

– Acho que gosta dela, sim – afirmou Ellie. – Do contrário, não mostraria tanta incerteza ao falar dela.

– Tenho medo dela, de certa forma – contei. – Ela me conhece bem demais. Refiro-me aos meus pontos fracos.

– É normal – disse Ellie.

– O que você quer dizer?

– Um grande escritor, não me lembro qual, afirmou que ninguém é herói para seu criado de quarto. Talvez todos devessem ter um criado de quarto. De outra forma, deve ser muito difícil corresponder à ideia que os outros fazem de nós.

– Ellie, você é mesmo uma menina muito esperta – falei, pegando sua mão. – Você sabe tudo sobre mim? – perguntei.

– Acho que sim – respondeu, com calma e simplicidade.

– Nunca lhe contei muito.

– Você quer dizer: nunca me contou nada, sempre se mostrou reservado. Isso é outra coisa. Sei o que você é de verdade, como pessoa.

– Será? – ponderei. – Parece bobagem dizer que a amo. É tarde demais para tanto, não é? Digo, você já sabe disse há muito tempo, praticamente desde o início, não sabe?

– Sim – confirmou Ellie –, e você também sabia sobre mim, não?

– A questão agora é o que faremos a respeito. Não será fácil, Ellie. Você sabe muito bem quem eu sou e como tenho vivido. Voltei a visitar minha mãe e a pequena rua honesta e triste em que ela mora. Meu mundo não é o mesmo que o seu, Ellie, e não sei se é possível aproximá-los.

– Você poderia me levar para conhecer sua mãe.

– Sim, poderia – falei –, mas prefiro não levá-la. Imagino que isso lhe pareça duro, talvez até cruel, mas teremos que viver uma vida diferente juntos. Não será nem a que você viveu, nem a que eu vivi. Será uma vida nova, um meio-termo entre minha pobreza e ignorância e seu dinheiro, cultura e meio social. Meus amigos a acharão arrogante e seus amigos me acharão socialmente inadequado. O que faremos?

– Direi exatamente o que faremos – respondeu Ellie. – Moraremos no Campo do Cigano, numa casa, a casa dos sonhos, que seu amigo Santonix construirá para nós. É isso que faremos. – E acrescentou: – Primeiro, nos casaremos. É o que deseja, não é?

– Sim – confessei –, é o que desejo, se estiver tudo bem para você.

– É muito simples – afirmou Ellie. – Podemos nos casar na semana que vem. Já sou maior de idade, posso fazer o que quiser agora. Isso muda tudo. Talvez você esteja certo quanto aos parentes. Não contarei à minha família e você não contará à sua mãe, até consumarmos o fato. Depois, pouco importa se eles desaprovarem.

– Maravilhoso – exclamei –, maravilhoso, Ellie! Mas há uma questão que não quer calar: não podemos morar no Campo do Cigano, Ellie. Se construirmos uma casa, não será lá, porque a propriedade foi vendida.

– Sei que foi vendida – falou Ellie, rindo à beça. – Você não entendeu, Mike: *eu* a comprei.

Capítulo 8

Fiquei lá sentado na grama, ao lado de um riacho, entre flores aquáticas, com pequenas trilhas e degraus de pedra em volta. Havia muitas outras pessoas ao redor, mas não reparávamos nelas, porque eram como nós: jovens casais fazendo planos para o futuro. Olhei-a. As palavras não me vinham.

– Mike – disse ela –, tenho uma coisa para lhe contar. Sobre mim.

– Não precisa – contestei –, não precisa me contar nada.

– Eu sei, mas eu quero. Deveria ter lhe contado há muito tempo. Não quis porque achei que pudesse afastá-lo. Mas isso explica, de certa maneira, a questão do Campo do Cigano.

– Você *comprou* a propriedade – falei –, mas como?

– Por intermédio de advogados – respondeu –, como normalmente se faz. É um ótimo investimento. As terras vão valorizar. Meus advogados ficaram muito felizes.

Era estranho, de repente, ouvir Ellie, a tímida e comedida Ellie, falando com tanta propriedade e confiança em relação ao mundo dos negócios de compra e venda.

– Você comprou para nós?

– Sim. Procurei um advogado próprio, não da família. Disse-lhe o que queria fazer, pedi que cuidasse do caso e tomasse as providências necessárias. Havia duas outras pessoas interessadas, mas não a ponto de pagar um valor muito alto. O importante era que as negociações estivessem concluídas e os papéis estivessem prontos para eu assinar assim que atingisse a maioridade. Está tudo assinado.

– Mas você deve ter tido que dar um sinal ou um depósito antecipado. Tinha dinheiro suficiente para isso?

– Não – respondeu Ellie –, eu não tinha acesso a muito dinheiro, mas existem pessoas que emprestam. E se você for a uma nova firma de consultores jurídicos, eles vão querer que você continue se valendo dos serviços que oferecem depois de conseguir o dinheiro que lhe couber, e, por isso, estão dispostos a assumir o risco de você cair duro antes de seu aniversário.

– Você parece ter jeito para os negócios – exclamei. – Incrível!

– Não se preocupe com negócios – tranquilizou-me Ellie. – Preciso voltar ao que estava dizendo. De certo modo, já lhe contei, mas acho que você não entendeu direito.

– Não quero saber – falei. Levantei a voz. Estava quase gritando. – Não me conte *nada*. Não quero saber o que fez, de quem gostou ou o que lhe aconteceu.

– Não é nada disso – cortou ela. – Não me dei conta de que era algo assim que você temia. Fique tranquilo. Não tenho segredos de ordem sexual. Não há ninguém além de você. A questão é que eu sou... rica.

– Eu sei, você já me disse.

– Sim – continuou Ellie, com um leve sorriso –, e você falou "pobre menina rica". Mas, de certa forma, é mais do que isso. Meu avô era podre de rico. Trabalhava com petróleo, principalmente. E outras coisas. As mulheres a quem dava pensão alimentícia estão mortas. Restaram apenas meu pai e eu, porque os dois outros filhos morreram também, um na Coreia e o outro num acidente de carro. Então, a fortuna toda ficou num fundo fiduciário, e, com a súbita morte de meu pai, veio tudo para *mim*. Meu pai já havia guardado dinheiro para minha madrasta, de modo que ela não recebeu mais nada.

Ficou tudo *comigo*. Sou, na verdade, uma das mulheres mais ricas dos Estados Unidos, Mike.

– Meu Deus! – exclamei. – Eu não sabia... Você tem razão: não sabia que era *assim*.

– Eu não queria que você soubesse. Não queria lhe contar. Era isso o que temia ao dizer meu nome: Fenella Goodman. Escreve-se G-u-t-e-m-a-n. Como imaginei que você pudesse conhecer, falei Goodman.

– Sim – confirmei –, já tinha visto o nome Guteman em algum lugar, mas acho que não o reconheceria mesmo assim. Muita gente tem nomes parecidos.

– Foi por isso – prosseguiu Ellie – que me mantive tão esquiva e reservada. Tive sempre detetives à minha volta. Os jovens pretendentes eram investigados antes mesmo de poderem conversar comigo. Quando fazia um novo amigo, queriam ter certeza de que não era um mau sujeito. Você não imagina como é sufocante uma vida assim! Mas, agora que tudo terminou, se você não se importar...

– É claro que não me importo – afirmei. – Vamos nos divertir muito. Aliás – comentei –, você nunca seria rica demais para mim!

Rimos. Ela disse:

– O que eu gosto em você é a sua naturalidade.

– Além disso – continuei –, você deve pagar impostos muito altos sobre seus bens, não? Essa é uma das poucas vantagens de ser como eu. Todo dinheiro que recebo fica no meu bolso e ninguém me tira.

– Teremos nossa casa – disse Ellie –, nossa casa no Campo do Cigano. – Por um instante, teve um súbito tremor.

– Você não deve estar com frio, querida – eu disse, olhando para o sol.

– Não – respondeu.

Fazia muito calor e estávamos tomando banho de sol, quase como se fosse no sul da França.

– Não – repetiu Ellie. – Estava pensando naquela mulher, aquela cigana do outro dia.

– Não pense nela – falei. – É louca.

– Será que ela *realmente* acredita que o lugar é amaldiçoado?

– As ciganas são assim mesmo, sempre inventando histórias de maldição.

– Você entende de ciganos?

– Não sei nada sobre eles – respondi com sinceridade. – Se você não quiser morar no Campo do Cigano, Ellie, arranjamos uma casa em outro lugar. Santonix pode construir uma casa para nós no alto de uma montanha em Gales, no litoral da Espanha ou em algum lugar da Itália.

– Não – disse Ellie –, é lá que eu quero. Foi onde o vi pela primeira vez, caminhando estrada acima. Você apareceu de repente de uma curva, me viu e ficou me olhando. Nunca me esquecerei desse momento.

– Nem eu – declarei.

– Então é lá que moraremos. E o seu amigo Santonix construirá a casa.

– Espero que ele ainda esteja vivo – disse, com certa inquietação. – Era um homem doente.

– Está vivo, sim – afirmou Ellie. – Fui visitá-lo.

– Foi visitá-lo?

– Sim, quando estive no sul da França. Estava internado numa casa de saúde.

– Você me surpreende o tempo todo, Ellie, com as coisas que inventa...

– Um sujeito realmente maravilhoso – disse –, mas meio assustador.

– Ele o assustou?

– Sim. Por algum motivo, me assustou muito.

– Você conversou com ele sobre nós?

– Sim. Contei-lhe sobre nós, o Campo do Cigano e a casa. Respondeu que não pode garantir nada, porque está muito doente, mas achava que ainda viveria o suficiente para visitar o local, fazer os planos e desenhar o projeto. Disse que não se importaria de morrer antes de acabar a casa, mas eu lhe disse – acrescentou Ellie – que não podia morrer antes de terminar a casa porque eu queria que ele nos visse morando lá.

– E o que ele falou?

– Perguntou se sabia o que estava fazendo ao me casar com você, e eu respondi que, evidentemente, sabia.

– E então?

– Disse que tinha dúvidas sobre se *você* sabia o que estava fazendo.

– É claro que eu sei – declarei.

– Ele disse: "A senhorita sempre sabe para onde vai, srta. Guteman. Irá para onde quer, porque é o caminho que escolheu. Mike, porém, talvez tome a direção errada, pois ainda não amadureceu para saber aonde está indo". Respondi: "Ele estará seguro comigo".

Sua autoconfiança era enorme. Fiquei chateado com o que Santonix dissera. Parecia minha mãe. Falava como se me conhecesse melhor do que eu mesmo.

– Eu sei aonde estou indo – protestei. – Estou indo na direção que quero, e junto com você.

– Já começaram a demolir as ruínas de As Torres – contou Ellie.

Passou, então, a falar em termos práticos.

– Será um trabalho urgente assim que o projeto estiver pronto. Precisamos correr, foi o que disse Santonix. Podemos nos casar na próxima terça-feira? – perguntou. – É um bom dia da semana.

– Sem mais ninguém presente – coloquei como condição.

– Sim, com exceção de Greta – retorquiu Ellie.

– Nada de Greta! – exclamei. – Ela não virá ao nosso casamento. Seremos nós dois e mais ninguém. Poderemos arranjar as testemunhas na rua.

Olhando em retrospecto, acho que aquele foi o dia mais feliz de minha vida...

Livro Dois

Capítulo 9

E foi assim que eu e Ellie nos casamos. Parece brusco dizer dessa forma, mas foi assim mesmo que as coisas aconteceram. Decidimos nos casar e nos casamos.

O casamento constituiu parte de um todo, não apenas o fim de um romance ou de um conto de fadas. "E assim, eles se casaram e foram felizes para sempre." Afinal, não se pode basear um grande drama numa vida de permanente bonança. Casamos, fomos felizes e muito tempo se passou até que alguém se interpusesse entre nós, começasse a criar as costumeiras dificuldades e desavenças e nos fizesse chegar às nossas próprias conclusões a respeito.

A coisa toda era extremamente simples. Em seu anseio por liberdade, Ellie, até então, havia encoberto suas deficiências com habilidade. A prestativa Greta tomara todas as providências necessárias e sempre a protegeu. E não demorei a perceber que ninguém se interessava realmente por Ellie e pelo que fazia. A madrasta estava absorta em sua própria vida social e casos amorosos. Ellie não precisava acompanhá-la a todos os lugares do mundo. Tinha à disposição governantas, criadas de quarto e facilidades educacionais. Se desejasse ir à Europa, por que não? Se quisesse comemorar o aniversário de 21 anos em Londres, por que não? Agora que a fortuna da família passara para suas mãos, era livre para gastá-la como bem entendesse. Se quisesse uma casa de campo na Riviera ou um castelo na Costa Brava, um iate ou coisas do gênero, era só se pronunciar a respeito, e alguém do séquito que acompanha os milionários providenciaria tudo imediatamente.

Greta, pelo que vi, era considerada uma admirável lacaia na família. Competente, sabia organizar as coisas com a máxima eficiência, sendo subserviente e amável com a madrasta, o tio e alguns primos esquisitos que pareciam estar ali ao acaso. Ellie contava com nada menos do que três advogados, pelo que pude perceber. Estava cercada por uma enorme rede financeira de banqueiros, advogados e administradores de fundos fiduciários. Era um mundo que eu apenas vislumbrava, vez por outra, pelas coisas que Ellie, por descuido, deixava escapar durante uma conversa. Não lhe ocorreu, é claro, que eu não entendesse de tais assuntos. Crescera em meio a eles e concluíra que todo mundo soubesse do que se tratava, como funcionavam e assim por diante.

Na verdade, os vislumbres das peculiaridades da vida um do outro eram, por incrível que pareça, o que mais nos divertia no início da nossa vida de casados. Para dizer de forma bruta – como disse a mim mesmo, porque era a única maneira de entender minha nova vida –, os pobres não sabem como os ricos vivem e os ricos não sabem como os pobres vivem, e chegar a descobri-lo é fascinante para ambos. Uma vez eu disse, meio sem jeito:

– Haverá muita balbúrdia em torno de tudo isso, de nosso casamento, não?

– Sim – respondeu. – Será terrível. – E acrescentou: – Espero que você não se importe *tanto.*

– Não me importarei. Por que deveria? Mas, no seu caso, eles a intimidarão?

– Creio que sim – disse Ellie –, mas não preciso lhes dar ouvidos. O fato é que eles não podem *fazer* nada.

– Mas tentarão?

– Certamente – confirmou. – Tentarão. – E acrescentou, pensativa: – É provável que tentem suborná-lo.

– Me subornar?

– Não precisa se abalar – disse Ellie, sorrindo, com o feliz sorriso de menina. – Não será exatamente nesses termos. – E acrescentou: – Já subornaram no caso de Minnie Thompson.

– Minnie Thompson? A que chamam de herdeira do petróleo?

– Essa mesma. Fugiu e se casou com um salva-vidas de praia.

– Ellie – falei, constrangido –, já fui salva-vidas em Little Hampton certa época.

– É mesmo? Que legal! Emprego fixo?

– Claro que não. Só um verão.

– Gostaria que não se preocupasse – disse Ellie.

– O que aconteceu com Minnie Thompson?

– Tiveram que chegar a duzentos mil dólares, parece – contou –, pois ele não aceitava menos do que isso. Minnie era louca por homens e bastante estúpida – acrescentou.

– Você me surpreende, Ellie – exclamei. – Não arranjei só uma esposa, mas algo que posso trocar por um bom dinheiro a hora que quiser.

– É isso mesmo – concordou Ellie. – Procure um bom advogado e diga-lhe que está disposto a fazer negócio. Ele providenciará o divórcio e a pensão alimentícia – disse Ellie, continuando a aula. – Minha madrasta foi casada quatro vezes e ganhou muito dinheiro com isso. Mike, não precisa ficar chocado!

O curioso é que fiquei chocado mesmo. Senti uma aversão puritana à corrupção da sociedade moderna em suas camadas mais ricas. Ellie tinha algo de menininha ingênua, tão simples, tão comovente em sua atitude, que me espantou constatar como era entendida e segura em questões materiais. E, no entanto, sabia que estava certo em relação a ela. Conhecia muito bem aquele tipo de pessoa. Sua simplicidade, afetuosidade e doçura natural. Isso não significava que devesse ignorar as coisas. O que ela conhecia e aceitava como verdade era uma porção bastante limitada da humanidade. Não sabia muito sobre meu mundo, o mundo de luta por trabalho, de quadrilhas de corridas de cavalos e drogas, os violentos perigos da vida, de espertalhões metidos a besta que eu conhecia tão bem por ter vivido entre eles. Ela não sabia o que era ter sido educado num meio decente e respeitável, mas passando dificuldade em questões financeiras, com uma mãe que trabalhava como uma condenada em nome da respeitabilidade para que seu filho vingasse na vida. Cada centavo economizado e a amargura de ver que o filho, alegre e despreocupado, desperdiçava as oportunidades ou apostava tudo numa barbada, em busca de dinheiro fácil.

Ellie gostava de ouvir a respeito de minha vida tanto quanto eu gostava de ouvir a respeito da sua. Era como explorar um país estrangeiro.

Olhando agora, vejo como foi maravilhosa a vida com Ellie naqueles primeiros tempos. Na época, achávamos que sempre seria assim. Nos casamos num cartório em Plymouth. Guteman não é um nome incomum. Ninguém, nenhum repórter ou qualquer outra pessoa, sabia que a herdeira Guteman encontrava-se na Inglaterra. De vez em quando, os jornais publicavam algumas linhas vagas, indicando que ela estava na Itália ou andando de iate. O casamento ocorreu no cartório, tendo como testemunhas um funcionário e uma datilógrafa de meia-idade. O juiz fez sua preleção de praxe sobre as sérias responsabilidades da vida conjugal e nos desejou felicidade. Saímos logo depois, livres e casados. Sr. e sra. Michael Rogers! Passamos uma semana num hotel à beira-mar e em seguida fomos para o exterior. Foram três semanas magníficas, viajando para onde a imaginação nos levasse, sem medir despesas.

Estivemos na Grécia, em Florença, em Veneza e em Lido. Depois, visitamos a Riviera Francesa e chegamos até as Dolomitas. Já me esqueci da metade dos nomes agora. Andamos de avião, iate e carros de luxo alugados. Enquanto nos divertíamos, pelo que deduzi das palavras de Ellie, Greta continuava na frente interna, fazendo seu trabalho.

Ela viajava por onde queria, enviando cartas e despachando os diversos cartões-postais que Ellie deixara em suas mãos.

– Haverá, certamente, o dia do ajuste de contas – disse Ellie. – Cairão sobre nós como uma nuvem de abutres. Mas podemos nos divertir até lá.

– E com relação a Greta? – perguntei. – Não ficarão furiosos quando descobrirem?

– Claro – respondeu Ellie –, mas Greta não se importará. Ela é forte.

– Isso não a impedirá de conseguir outro emprego?

– Por que deveria procurar outro emprego? – indagou Ellie. – Ela virá morar conosco.

– Não! – exclamei.

– Como assim *não*, Mike?

– Não queremos ninguém morando conosco – disse.

– Greta não nos atrapalhará – garantiu Ellie. – Na verdade, nos ajudará. Sinceramente, não sei o que faria sem ela. É ela quem organiza tudo.

Franzi a testa.

– Não sei se gosto da ideia. Além do mais, queremos ter nossa própria casa, a casa de nossos sonhos, Ellie, e queremos ficar sozinhos.

– Sim – disse Ellie –, entendo o que quer dizer. Mesmo assim... – hesitou. – Seria muito duro para Greta não ter onde morar. Afinal, ela está comigo, fazendo tudo por mim, há quatro anos. E veja como me ajudou em nosso casamento e tudo mais.

– Não quero que se meta na nossa vida o tempo todo!

– Mas ela não é nem um pouco assim, Mike. Você ainda nem a conhece.

– Não, sei que não, mas a questão não é gostar ou não gostar dela. Queremos ficar *a sós*, Ellie.

– Mike, meu querido – disse Ellie, suavemente.

Interrompemos o assunto ali.

No decorrer de nossas viagens, nos encontramos com Santonix na Grécia. Ele estava hospedado numa pequena cabana de pescadores, perto do mar. Fiquei espantado de ver sua aparência doentia, muito pior do que quando o vira um ano antes. Recebeu-nos com muita cordialidade.

– Então vocês conseguiram – comentou.

– Pois é – disse Ellie –, e agora nossa casa será construída, não é?

– Tenho o projeto e os desenhos aqui comigo – disse para mim. – Ela deve ter lhe contado como se aproximou de mim, me atormentou e me deu ordens, não? – falou, escolhendo cuidadosamente as palavras.

– Não foram ordens! – objetou Ellie. – Só pedi.

– Sabe que já compramos a propriedade? – perguntei.

– Ellie me enviou um telegrama contando. Mandou dezenas de fotos.

– Claro que terá de ver o local primeiro – ponderou Ellie. – Talvez não goste de lá.

– Vou gostar, sim.

– Não tem como saber antes de ver.

– Mas já vi, menina. Fui lá há cinco dias. Encontrei um de seus advogados, o inglês de rosto fino.

– O sr. Crawford?

– Ele mesmo. Na verdade, os trabalhos já foram iniciados: limpeza do terreno, remoção dos escombros da antiga casa, fundações, drenagem. Quando voltarem para a Inglaterra, estarei lá.

Ele nos mostrou as plantas e conversamos sobre nossa futura casa. Já se tinha uma ideia de como seria. Havia até um esboço feito em aquarela, assim como a planta alta e a planta baixa.

– Gostou, Mike?

Respirei fundo.

– Sim – respondi. – É isso. Exatamente isso.

– Você falava tanto da casa, Mike! Em meus devaneios, cheguei a pensar que você tinha ficado enfeitiçado por aquele pedaço de terra. Você, apaixonado por uma casa que talvez jamais tivesse, jamais visse, que poderia nem ser construída.

– Mas será construída – afirmou Ellie. – Será construída, não?

– Se Deus ou o diabo quiser – disse Santonix. – Não depende de mim.

– Não está se sentindo nem um pouco melhor? – perguntei, sem saber.

– Coloque uma coisa na sua cabeça dura: nunca vou melhorar. É o meu destino.

– Bobagem – falei. – Hoje em dia estão descobrindo cura para tudo. Os médicos são uns pessimistas. Desenganam os pacientes, que depois zombam deles vivendo mais cinquenta anos.

– Admiro seu otimismo, Mike, mas o mal que tenho não é dessa natureza. Levam-me para um hospital, dão-me uma transfusão de sangue e saio com uma pequena margem de vida, um adiamento de tempo. E a cada vez vou ficando mais fraco.

– Você é muito valente – elogiou Ellie.

– Não sou valente. Não há valentia diante do inevitável. A única coisa a fazer é procurar consolo.

– Construindo casas?

– Não, não me refiro a isso. Com a constante diminuição da vitalidade, construir casas torna-se mais difícil, e não mais fácil. Você perde a força. Mas existem consolos, alguns bastante curiosos.

– Não entendo – comentei.

– Você não entenderia, Mike. Não sei nem se Ellie entenderia. Talvez sim. – E Santonix continuou, falando mais para si mesmo do que para nós: – Duas coisas caminham juntas, lado a lado: a fraqueza e a força. A fraqueza da vitalidade decrescente e a força do poder frustrado. Não importa o que eu faça agora! Morrerei de qualquer maneira. Então, posso fazer o que bem entender. Não há nada que me detenha, nada que me impeça. Poderia caminhar pelas ruas de Atenas atirando em quem não gostasse. Pensem bem.

– A polícia o prenderia mesmo assim – observei.

– Claro, mas o que eles poderiam fazer? No máximo, tirar minha vida. Essa vida será tirada por um poder muito maior do que a lei em pouco tempo. O que mais eles poderiam fazer? Mandar-me para a prisão por vinte, trinta anos? Soa irônico, não acham? Não tenho mais vinte ou trinta anos pela frente. Digamos seis meses, um ano, dezoito meses, sendo generoso. Ninguém pode fazer nada contra mim. Então, no tempo que me resta, sou um rei. Posso fazer o que quiser. A ideia é sedutora, só que não me sinto tentado porque não existe nada especialmente extravagante ou ilícito que eu deseje fazer.

Depois de nos despedirmos de Santonix, na viagem de volta para Atenas, Ellie me disse:

– Sujeito mais estranho. Às vezes, me dá medo.

– Medo de Rudolf Santonix? Por quê?

– Porque ele não é como as outras pessoas. Tem uma espécie de brutalidade e arrogância no íntimo. Acho que queria nos dizer que a certeza da morte iminente lhe exacerbava essa arrogância. Suponhamos – disse Ellie, olhando animada para mim, com uma expressão quase de êxtase no rosto – que ele construa nosso lindo castelo, nossa bela casa à beira do penhasco, no meio dos pinheiros. Vamos morar lá, e ele, dos degraus da porta de entrada, nos recebe e...

– E?

– E nos segue, fecha a porta e nos mata ali mesmo, cortando nossa garganta ou coisa assim.

– Você me assusta, Ellie. Que imaginação!

– Nosso problema, Mike, é que não vivemos no mundo real. Sonhamos com coisas fantásticas que talvez nunca aconteçam.

– Não relacione tragédias ao Campo do Cigano.

– É o nome, imagino, e a maldição que colocaram.

– Não existe maldição nenhuma! – gritei. – É tudo bobagem. Esqueça isso.

Isso se passou na Grécia.

Capítulo 10

Acho que foi no dia seguinte. Estávamos em Atenas. De repente, nos degraus da Acrópole, Ellie se encontrou com pessoas que conhecia. Haviam chegado de um dos cruzeiros gregos. Uma mulher de aproximadamente 35 anos separou-se do grupo e desceu com rapidez os degraus em direção a Ellie, exclamando:

– Que surpresa! É você mesma, Ellie Guteman? O que anda fazendo por aqui? Não poderia imaginar. Está numa excursão?

– Não – retrucou Ellie –, estou só dando uma volta.

– Nossa, mas é uma alegria encontrá-la. E Cora, como está? Veio também?

– Não, Cora está em Salzburg, acho.

– Que bom.

A mulher olhava para mim, e Ellie disse tranquilamente:

– Quero apresentar-lhe o sr. Rogers. Esta é a sra. Bennington.

– Como vai? Quanto tempo ficará aqui?

– Estou indo embora amanhã – respondeu Ellie.

– Meu Deus! Nossa, vou me perder do grupo se não correr, e não quero perder uma só palavra das explicações. Eles nos apressam um pouco, sabe como é. Fico cansadíssima no final do dia. Seria possível nos encontrarmos para tomar alguma coisa?

– Hoje não – disse Ellie –, faremos um passeio.

A sra. Bennington saiu correndo para se juntar ao grupo. Ellie, que subia comigo os degraus da Acrópole, virou-se e tornou a descer.

– Isso resolve a questão, não resolve? – perguntou-me.

– Resolve o quê?

Ellie demorou um pouco para responder e então disse, com um suspiro:

– Preciso escrever hoje à noite.

– Escrever para quem?

– Para Cora, e acho que também para o tio Frank e o tio Andrew.

– Quem é tio Andrew? Esse eu não conhecia.

– Andrew Lippincott. Não é bem um tio. É meu principal tutor, fiduciário, sei lá o nome. É advogado. Muito famoso.

– O que pretende dizer?

– Vou contar que estou casada. Não poderia dizer de repente para Nora Bennington: "Quero apresentar-lhe meu marido". Haveria gritos terríveis e exclamações do tipo "Não sabia que você tinha se casado! Conte-me tudo, querida" etc. É natural que minha madrasta, o tio Frank e o tio Andrew sejam os primeiros a saber – suspirou. – Ai, ai... Até agora foi tudo maravilhoso.

– O que eles dirão ou farão?

– Um estardalhaço, imagino – disse Ellie, de seu jeito plácido. – Não importa o que façam, e eles têm juízo suficiente para saber disso. Suponho que tenhamos de marcar um encontro. Podemos ir a Nova York. Você gostaria? – Olhou para mim com ar interrogativo.

– Não – respondi –, nem um pouco.

– Então, eles provavelmente virão a Londres, ou pelo menos parte deles. Você acharia melhor?

– Não gosto de nenhuma dessas ideias. Quero ficar com você e ver nossa casa erguendo-se tijolo por tijolo assim que Santonix chegar.

– Nada nos impede – disse Ellie. – As reuniões de família não duram muito tempo. Possivelmente, tudo se resolverá num único round. Vamos acabar com isso de uma vez. Ou iremos para lá, ou eles virão para cá.

– Achei que sua madrasta estivesse em Salzburg, pelo que você tinha dito.

– Disse por dizer. Seria estranho dizer que não sabia onde ela estava. Sim – decidiu Ellie, com um suspiro –, vamos para Nova York encontrar todo mundo lá. Mike, espero que você não fique aborrecido.

– Aborrecido com o quê? Sua família?

– É. Que você não se aborreça se eles forem grosseiros.

– Imagino que é o preço a pagar por ter me casado com você – disse. – Eu aguento.

– Há sua mãe, também – ponderou Ellie.

– Pelo amor de Deus, Ellie, você não vai organizar uma reunião entre sua madrasta, com suas rendas e babados, e minha mãe, que vem de um lugar pobre. O que uma teria a dizer para a outra?

– Se Cora fosse minha verdadeira mãe, elas teriam muito a conversar – afirmou Ellie. – Mike, você não deveria ficar tão obcecado com essa questão de distinção de classes!

– Obcecado, eu? – falei, com incredulidade. – Como é a expressão americana? "Venho do lado errado dos trilhos." Não é isso?

– Mas não precisa escrever num cartaz e pendurar no pescoço.

– Não sei que roupas devo usar – disse, amargamente. – Não sei a maneira certa de falar e não sei nada a respeito de artes, quadros, música... Só agora estou aprendendo a quem devo dar gorjeta e quanto dar.

– Não acha, Mike, que isso faz com que tudo seja mais interessante para você? Eu acho.

– Seja como for – eu disse –, você não arrastará minha mãe para sua reunião de família.

– Não estava propondo arrastar ninguém a lugar nenhum, mas acho, Mike, que *eu* deveria visitar sua mãe quando voltarmos a Londres.

– Não – cortei, de maneira explosiva.

Ellie olhou para mim, assustada.

– Por que não, Mike? Independentemente de qualquer coisa, acho muito indelicado não ir conhecê-la. Você já lhe contou que nos casamos?

– Ainda não.

– Por que não?

Resolvi não responder.

– O mais natural não seria dizer a ela que estamos casados e me levar para conhecê-la quando voltarmos à Inglaterra?

– Não – repeti, dessa vez de forma menos explosiva, mas ainda bastante contundente.

– Você não quer que eu a conheça – queixou-se Ellie, vagarosamente.

Não queria mesmo. Suponho que era óbvio, mas não sabia como explicar. Não via como.

– Não seria sensato – falei, pausadamente. – Você precisa entender. Tenho certeza de que causaria problemas.

– Acha que ela não gostaria de mim?

– É impossível não gostar de você, mas... não sei como dizer. Ela poderia ficar perturbada e confusa. Afinal, me casei com uma pessoa de outra condição social, como diziam antigamente. Ela não gostaria *disso.*

Ellie sacudiu a cabeça devagar.

– Alguém ainda pensa assim hoje em dia?

– Claro que sim. No seu país também.

– Sim – concordou –; de certa forma, é verdade, mas lá, se alguém tem sucesso...

– Ou seja, se ganha muito dinheiro...

– Não é só dinheiro.

– Sim – insisti –, a questão é dinheiro, sim. Se o sujeito ganha muito dinheiro, é admirado e respeitado, não importa onde tenha nascido.

– Bem, isso acontece em toda parte – afirmou Ellie.

– Por favor, Ellie – repeti. – Não vá visitar minha mãe.

– Continuo achando que é uma indelicadeza.

– Não é. Você não tem como saber o que seria melhor para minha própria mãe. Ela ficaria transtornada, garanto.

– Mas você precisa contar a ela que se casou.

– Tudo bem – eu disse. – Farei isso.

Ocorreu-me que seria mais fácil escrever para minha mãe do exterior. Naquela noite, enquanto Ellie escrevia para o tio Andrew, o tio Frank e a madrasta Cora van Stuyvesant, eu também escrevia minha carta, bastante resumida.

"Querida Mamãe", escrevi, "deveria ter lhe contado antes, mas fiquei meio sem jeito. Casei-me há três semanas. Tudo aconteceu muito de repente. É uma moça muito bonita e doce. Tem muito dinheiro, o que às vezes cria dificuldades. Vamos construir uma casa em algum lugar no interior. No momento, estamos viajando pela Europa. Tudo de bom, seu Mike."

O resultado de nossa correspondência noturna foi um tanto variado. Minha mãe demorou uma semana para me enviar uma carta, bem de seu jeito.

Querido Mike, uma alegria receber sua carta. Espero que seja muito feliz. Com carinho, Mamãe.

Como Ellie havia profetizado, a questão foi mais conturbada do lado dela. Mexemos em casa de marimbondo. Ficamos cercados de repórteres em busca de notícias sobre nosso casamento, saíram artigos nos jornais a respeito da herdeira Guteman e sua fuga romântica, recebemos cartas de banqueiros e advogados. No fim de tudo, organizaram-se reuniões formais. Encontramos Santonix no Campo do Cigano, analisamos os projetos, discutimos as questões pertinentes e, depois de deixar tudo encaminhado, voltamos para Londres, conseguimos um apartamento no Claridge e, como se dizia nos livros antigos, nos preparamos para receber a cavalaria.

O primeiro a chegar foi o sr. Andrew P. Lippincott. Era um homem idoso, enxuto e meticuloso na aparência, além de alto, magro e bastante educado e gentil. Nascera em Boston e, pelo sotaque, eu não teria percebido que era americano. Conforme combinado por telefone, nos procurou em nosso apartamento ao meio-dia. Reparei que Ellie estava nervosa, embora disfarçasse muito bem.

O sr. Lippincott beijou Ellie e me estendeu a mão, com um amável sorriso no rosto.

– Ellie, minha querida, você está com ótima aparência. Viçosa, eu diria.

– Como vão as coisas, tio Andrew? Como veio? De avião?

– Não. Fiz uma viagem muito agradável a bordo do *Queen Mary*. Este é o seu marido?

– Sim, este é o Mike.

Fui simpático, ou pelo menos julguei que sim.

– Como vai o senhor? – cumprimentei. Depois, perguntei-lhe se gostaria de tomar um drinque, que ele recusou com delicadeza. Sentado numa poltrona de encosto reto com braços banhados em ouro, passou a olhar, ainda sorridente, para Ellie e para mim.

– Vocês, jovens, sempre nos dando sustos. Tudo muito romântico, não? – disse ele.

– Sinto muito – falou Ellie –, de verdade.

– Sente? – indagou o sr. Lippincott, secamente.

– Achei que fosse a melhor forma – contestou Ellie.

– Nesse ponto, não concordo totalmente com você, minha querida.

– Tio Andrew – Ellie disse –, o senhor sabe que se eu tivesse agido de outra maneira haveria uma confusão danada.

– Por que você acha isso?

– Sabe como eles são – disse Ellie. – O senhor também – acrescentou, em tom acusador. – Recebi duas cartas de Cora, uma ontem e outra hoje de manhã.

– Você deve dar um desconto pela ansiedade. É natural, diante das circunstâncias, não acha?

– Com quem me caso, como e onde é problema meu.

– É o que você pensa, mas descobrirá que quase nenhuma mulher concordará com você nesse ponto.

– Na realidade, poupei a todos muito trabalho.

– Essa é a sua maneira de ver.

– Mas não é verdade?

– Você praticou uma série de dissimulações, ajudada por alguém que não deveria ter feito o que fez.

Ellie corou.

– Refere-se a Greta? Ela só fez o que lhe pedi. Estão todos furiosos com ela?

– Claro. Nada mais natural, não concorda? Não se esqueça de que ela ocupava uma posição de confiança.

– Sou maior de idade. Posso fazer o que quiser.

– Estou falando de antes da maioridade. As dissimulações começaram nessa época, não foi?

– Ellie não tem culpa – me intrometi. – Para início de conversa, eu não sabia o que estava acontecendo e, como todos os parentes dela moram em outro país, não tinha como entrar em contato com eles.

– Entendo perfeitamente – disse o sr. Lippincott. – Greta colocou cartas no correio, deu informações à sra. Van Stuyvesant e a mim a pedido de Ellie e, digamos assim, fez tudo com muita competência. Michael, você conhece Greta? Creio que posso chamá-lo de Michael, já que é o marido de Ellie.

– Claro – assenti. – Pode me chamar de Michael, sim. Não conheço a srta. Andersen...

– Não? Isso me parece surpreendente. – Fitou-me por bastante tempo, pensativo. – Pensei que ela tivesse ido a seu casamento.

– Não, Greta não veio – falou Ellie, lançando-me um olhar de censura que me desconcertou.

O olhar reflexivo do sr. Lippincott ainda se dirigia a mim. Fiquei sem graça. Parecia que ia dizer mais alguma coisa e desistiu.

– Receio – disse, depois de um tempo – que vocês dois, Michael e Ellie, terão que aturar uma série de repreensões e críticas por parte da família de Ellie.

– Imagino que todos se voltarão contra mim ao mesmo tempo – disse Ellie.

– É muito provável – concordou o sr. Lippincott. – Tentei preparar o terreno – acrescentou.

– O senhor está do nosso lado, tio Andrew? – perguntou Ellie, sorrindo para ele.

– Você não deveria pedir a um advogado prudente que chegasse a tanto. Aprendi que, na vida, é sensato aceitar o que é fato consumado. Vocês se apaixonaram um pelo outro, se casaram e, pelo que entendi, compraram uma propriedade no sul da Inglaterra, onde já começaram a construir uma casa. Pretende, portanto, morar neste país?

– Vamos morar aqui, sim. Tem alguma objeção quanto a isso? – perguntei com certa irritação na voz. – Ellie casou-se comigo e é cidadã britânica agora. Por que não moraria na Inglaterra?

– Por nada. Aliás, nada impede que Fenella more no país que desejar ou que possua propriedades em mais de um país. Lembre-se de que a casa de Nassau é sua, Ellie.

– Sempre achei que fosse de Cora. Ela sempre se portou como dona.

– Mas o direito de propriedade é seu. Tem também a casa de Long Island, que poderá visitar quando quiser. Você tem muitos campos petrolíferos no oeste.

Sua voz era afável, mas tive a impressão de que as palavras se dirigiam a mim, de forma curiosa. Estaria procurando criar uma barreira entre mim e Ellie? Eu não sabia direito. Não me parecia muito sensato esfregar na cara de um homem que sua esposa possuía bens no mundo inteiro e que era extremamente rica. Na verdade, ele deveria depreciar os direitos de propriedade, o dinheiro e tudo o que Ellie possuía, porque se eu estivesse interessado somente na fortuna dela, como ele obviamente pensava, aquilo só alimentaria mais o meu interesse. Percebi, no entanto, que o sr. Lippincott era um homem sutil. Difícil dizer o que pretendia, o que se escondia por trás de seu jeito plácido e agradável. Estaria, a seu modo, tentando me colocar numa situação constrangedora, me fazendo sentir que seria rotulado, quase publicamente, como "interesseiro"? Disse à sobrinha:

– Trouxe alguns documentos que teremos de ver juntos, Ellie. Preciso de sua assinatura em vários deles.

– Claro, tio Andrew. Quando quiser.

– Não há pressa. Tenho outros assuntos para tratar em Londres. Devo ficar aqui uns dez dias.

Dez dias, pensei. É muito tempo. Preferia que o sr. Lippincott não ficasse dez dias. Parecia bastante cordial comigo, embora, como se poderia dizer, aquilo indicasse que ele ainda não se pronunciara sobre certos assuntos. Naquele momento, entretanto, fiquei me perguntando se ele estava de fato contra mim. Se estivesse, não era o tipo de pessoa que entregaria o jogo.

– Bem – continuou –, agora que todos nos conhecemos e chegamos a um consenso, por assim dizer, em relação ao futuro, gostaria de ter uma pequena conversa com seu marido.

Ellie disse:

– Pode falar comigo presente.

Estava furiosa. Coloquei a mão em seu braço.

– Fique calma, querida. Não precisa ficar aqui para me proteger. – Conduzi-a cuidadosamente até a porta que dava para o quarto. – O tio Andrew quer me conhecer melhor – falei. – Ele tem esse direito.

Empurrei-a de maneira delicada por entre as portas duplas. Fechei-as e voltei para a sala. Era uma sala grande e bonita. Sentei-me em frente ao sr. Lippincott e disse:

– Pronto. Pode começar.

– Obrigado, Michael – agradeceu. – Antes de mais nada, quero lhe assegurar que não sou de forma alguma seu inimigo, como pode estar pensando.

– Fico feliz em saber disso – falei, sem muita convicção.

– Deixe-me falar com franqueza – começou o sr. Lippincott –, com mais franqueza do que poderia ter diante daquela querida criança, de quem sou tutor e por quem tenho muito apreço. Não sei se já reparou, Michael, mas Ellie é uma menina muito doce e carinhosa.

– Não se preocupe. Estou realmente apaixonado por ela.

– Não é o mesmo – disse o sr. Lippincott, de seu jeito seco. – Espero que, além de estar apaixonado, também perceba como Ellie é bondosa e, em certos aspectos, bastante vulnerável.

– Ficarei atento – garanti. – Acho que não será muito difícil. Ellie é uma pessoa maravilhosa.

– Então, continuando o que estava dizendo. Vou falar claro com você. Você não é o tipo de jovem com quem desejaria ver Ellie casada. Eu, como todo mundo na família, preferiria que ela se cassasse com alguém de nosso meio, de nossa condição social...

– Alguém com dinheiro, em outras palavras – provoquei.

– Não só isso. Uma posição social semelhante, a meu ver, é importante como base de um matrimônio. E não me refiro a uma atitude esnobe. Afinal, Herman Guteman, o avô dela, começou a vida como estivador. Acabou se tornando um dos homens mais ricos dos Estados Unidos.

– Nesse caso, também posso seguir o mesmo rumo – afirmei – e acabar virando um dos homens mais ricos da Inglaterra.

– Tudo é possível – disse o sr. Lippincott. – Você tem ambições nesse sentido?

– A questão não é apenas o dinheiro – falei. – Gostaria de ser alguém, de realizar alguma coisa e... – hesitei, não continuei.

– Digamos que você tem ambições. Isso é muito bom.

– Estou começando com grande desvantagem, do zero – lembrei. – Sou um joão-ninguém e não finjo ser outra coisa.

Assentiu com a cabeça em sinal de aprovação.

– Muito bem falado. Aprecio sua sinceridade. Não sou parente de Ellie, mas sou seu tutor. A pedido do avô, administro seus negócios, o dinheiro e os investimentos. Ou seja, tenho certa responsabilidade nessa área. Portanto, quero saber tudo sobre o marido que escolheu.

– Pois bem – falei –, pode perguntar sobre mim e fazer as investigações que quiser, imagino.

– Sim – disse o sr. Lippincott. – Essa seria uma forma inteligente de se precaver. Mas na verdade, Michael, quero ouvir da sua própria boca. Gostaria que você mesmo me contasse a história de sua vida até agora.

Claro que não gostei daquilo. Ele deve ter percebido. Ninguém na minha posição gostaria. É natural querermos apresentar aos outros nosso melhor lado. Consegui isso na escola e mais tarde também, vangloriando-me aqui e ali, distorcendo ligeiramente a verdade. Não tenho por que me envergonhar. Parece-me natural, o tipo de coisa que precisamos fazer para progredir na vida: vender o nosso peixe, como se diz. As pessoas nos veem de acordo com nossa própria visão de nós mesmos, e eu não queria ser como aquele personagem de Dickens que apareceu na televisão e que sozinho já dava uma bela história, devo admitir. Uriah, acho que se chamava. Estava sempre tramando algo por trás de sua humildade. Não queria ser como ele.

Procurava me gabar um pouco com todos que encontrava e fazia de tudo para vender meu peixe diante de um possível empregador. Afinal de contas, todo mundo tem um lado bom e um lado ruim, e de nada serve ficar enfatizando o lado ruim. Não, sempre descrevi da melhor maneira minhas atividades. Não imaginei, porém, fazer o mesmo com o sr. Lippincott. Ele parecia descartar a ideia de fazer investigações particulares a meu respeito, mas eu não tinha certeza disso. Portanto, resolvi contar-lhe a verdade nua e crua, como se diz.

Falei da miséria de minha infância, do alcoolismo de meu pai, mas que tivera uma boa mãe, que se esforçara bastante para pagar meus estudos. Não escondi que sempre havia sido uma pessoa instável, que vivia mudando de emprego. O sr. Lippincott era um bom ouvinte, incentivando o discurso, se é que me faço entender. De vez em quando, porém, eu percebia sua perspicácia, introduzindo pequenas perguntas ou comentários que eu, desprevenido, poderia precipitar-me a confessar ou negar.

Sim, tive a sensação de que deveria ser cauteloso e ficar alerta. Dez minutos depois, fiquei feliz quando ele se recostou na cadeira e o inquérito, por assim dizer – embora não fosse um inquérito – pareceu acabar.

– Sua atitude em relação a vida é ousada, sr. Rogers, ou melhor, Michael. Não há nada de mau nisso. Conte mais sobre essa casa que você e Ellie estão construindo.

– Bem – comecei –, é perto de uma cidade chamada Market Chadwell.

– Sim – disse ele –, sei exatamente onde fica. Para falar a verdade, fui vê-la. Ontem, para ser preciso.

Aquilo me espantou um pouco. Mostrava que eu estava lidando com um sujeito sorrateiro, capaz de fazer mais do que parecia.

– É um lugar bonito – comentei, na defensiva –, e a casa que estamos construindo será linda. O arquiteto é um amigo meu chamado Santonix. Rudolf Santonix, não sei se já ouviu falar dele...

– Já ouvi – respondeu o sr. Lippincott. – É um nome muito conhecido entre os arquitetos.

– Trabalhou nos Estados Unidos, acho.

– Sim, um arquiteto de grande futuro e talento. Infelizmente, pelo que sei, não anda bem de saúde.

– Ele se considera à beira da morte – contei –, mas não creio nisso. Acho que vai se recuperar, ficar bem de novo. Os médicos falam qualquer coisa.

– Espero que seu otimismo se justifique. Você é otimista.

– Em relação a Santonix, sim.

– Espero que tudo o que deseja se realize. Devo confessar que vocês fizeram um excelente negócio na compra daquela propriedade.

Pareceu-me muito simpático da parte daquele homem idoso usar o pronome "vocês". Não me fazia lembrar que Ellie efetuara a compra sozinha.

– Consultei o sr. Crawford...

– Crawford? – perguntei franzindo a testa.

– O sr. Crawford, da firma de advogados ingleses Reece & Crawford. O sr. Crawford foi o sócio que realizou a compra. É uma boa firma de advocacia e, ao que tudo indica, a propriedade foi adquirida por preço baixo. Fiquei pensando sobre isso. Estou a par dos preços de mercado dos terrenos deste país e fiquei perplexo, em busca de uma explicação. Acho que o próprio sr. Crawford se surpreendeu de conseguir comprar o lugar a um preço tão baixo. Perguntei a mim mesmo se você sabia o motivo dessa desvalorização. O sr. Crawford não expressou nenhuma opinião a respeito. Aliás, parecia até constrangido quando coloquei a questão a ele.

– Bem – expliquei –, dizem que o lugar é amaldiçoado.

– Perdão, Michael, o que foi que você disse?

– Amaldiçoado, senhor – repeti. – Maldição de ciganos ou coisa assim. O local é conhecido como Campo do Cigano.

– Ah, uma lenda?

– Sim. Parece bastante confusa e não sei o que existe de verdade ou de imaginação. Houve um assassinato lá, muito tempo atrás. Um homem, a esposa e outro homem. Dizem que o marido matou os outros dois e depois se suicidou. Pelo menos, é o que dizem. Mas existem várias outras versões. Acho que ninguém sabe realmente o que aconteceu. Já faz muito tempo. A propriedade, desde então, mudou de dono quatro ou cinco vezes, mas ninguém ficou com ela por muito tempo.

– Ah – fez o sr. Lippincott, interessado –, um bom exemplo do folclore inglês. – Olhou-me com ar de curiosidade. – E você e Ellie não têm medo da maldição? – perguntou descontraidamente, com um leve sorriso.

– É claro que não – retruquei. – Nem Ellie nem eu iríamos acreditar numa bobagem dessas. Na verdade, tivemos sorte, porque graças a isso conseguimos comprar barato. – Ao dizer isso, um pensamento me veio à cabeça. Foi sorte num certo sentido, pensei, mas com todo o dinheiro, bens e posses de Ellie, para ela não fazia muita diferença o preço da propriedade. Depois cheguei à conclusão de que eu estava equivocado. Afinal, ela tivera um avô que de estivador passara a milionário. Qualquer um desse tipo deseja sempre comprar barato e vender caro.

– Bem, não sou supersticioso – disse o sr. Lippincott –, e a vista da propriedade é magnífica – hesitou. – Espero, porém, que Ellie não ouça muitas dessas histórias que contam quando vocês se mudarem para lá.

– Tentarei preservá-la o máximo possível – declarei. – Creio que não lhe dirão nada.

– O pessoal dessas pequenas aldeias do interior gosta de contar histórias dessa natureza – comentou o sr. Lippincott. – E lembre-se, Michael, de que Ellie não é tão forte quanto você. É facilmente influenciável. Somente em alguns aspectos. Mas... – não concluiu o que estava por dizer. Bateu com o dedo na mesa. – Vou lhe falar agora de um assunto meio complexo. Você disse há pouco tempo que *não* conheceu a tal de Greta.

– Não. Como disse, não a conheço.

– Estranho. Muito curioso.

– Como? – Olhei para ele com ar interrogativo.

– Tinha quase certeza de que a conhecia – disse com lentidão. – O que sabe sobre ela?

– Sei que trabalha com Ellie há algum tempo.

– Desde que Ellie fez dezessete anos. Ocupava uma posição de responsabilidade e confiança. Foi, a princípio, para os Estados Unidos, na qualidade de secretária e dama de companhia, uma espécie de acompanhante de Ellie quando a sra. Van Stuyvesant, a madrasta, estava fora, o que acontecia, posso dizer, com bastante frequência. – Falou num tom especialmente seco ao dizer isso. – Pelo que sei, é uma moça bem-nascida, com excelentes referências, meio sueca, meio alemã. Ellie, naturalmente, se apegou muito a ela.

– Imaginei – eu disse.

– Em certo sentido, creio que se apegou até demais. Não se importa que fale dessa forma, se importa?

– Não. Por que me importaria? Na verdade, já cheguei a pensar nisso, uma ou duas vezes. Greta para lá, Greta para cá. Não é da minha conta, mas confesso que, em certos momentos, fiquei farto.

– E Ellie jamais expressou desejo de que você conhecesse Greta?

– Bem, é difícil explicar. Acho que sim, insinuou, como quem não quer nada, uma ou duas vezes, mas estávamos muito ocupados nos conhecendo. Além disso, eu não queria conhecê-la. Não queria dividir Ellie com ninguém.

– Compreendo. E Ellie não sugeriu que Greta estivesse presente no casamento?

– Sugeriu – respondi.

– Mas você não quis que ela fosse. Por quê?

– Não sei. Não sei mesmo. Senti apenas que essa tal de Greta, essa moça ou mulher que nunca encontrei, estava sempre se metendo em tudo. Sabe como é: organizando a vida de Ellie em seu lugar, enviando postais e cartas por ela, esquematizando todo um itinerário para apresentar à família. Tive a impressão de que Ellie, de certa forma, era dependente de Greta, deixava-se controlar por ela e fazia tudo o que Greta queria. Desculpe-me, sr. Lippincott, talvez não devesse estar dizendo essas coisas. Digamos que tenha sido apenas ciúme da minha parte. De qualquer forma, explodi e disse que não queria a presença de Greta no casamento, que o casamento era nosso e que ninguém deveria se meter. Fomos, então, ao cartório e conseguimos duas testemunhas lá mesmo, um funcionário e a datilógrafa. Reconheço que foi desconsideração minha recusar a presença de Greta, mas queria Ellie só para mim.

– Entendo, entendo, e, se me permite dizer, acho que você foi muito sensato, Michael.

– O senhor também não gosta de Greta – falei, astutamente.

– Você não pode usar a palavra "também", Michael, se nem a conhece ainda.

– Não, eu sei, mas se ouvimos falar muito de uma pessoa, acabamos formando uma ideia sobre ela. Pode chamar de ciúme, tudo bem. Por que o senhor não gosta de Greta?

– Não quero julgar – disse o sr. Lippincott –, mas você é o marido de Ellie, Michael, e me importo muito com a felicidade dela. Não considero saudável a influência de Greta sobre Ellie. Ela se intromete demais.

– Acha que criará problemas entre nós? – perguntei.

– Acho que não tenho o direito de dizer nada desse gênero.

Fitou-me cautelosamente, piscando o olho como uma velha tartaruga.

Fiquei sem saber o que dizer. Ele falou primeiro, escolhendo as palavras com cuidado:

– Então não houve nenhuma sugestão de que Greta Andersen fosse morar com vocês?

– Não, e se puder, impedirei – respondi.

– Ah. É assim que pensa? Conversaram sobre isso?

– Ellie falou alguma coisa nesse sentido. Mas somos recém-casados, sr. Lippincott. Queremos a casa, nossa nova casa, apenas para nós mesmos. Imagino que ela virá passar alguns dias conosco. Nada mais natural.

– Como diz, nada mais natural. Mas talvez compreenda que Greta se verá numa situação difícil para conseguir um novo trabalho. Digo, a questão não é o que *Ellie* acha dela, mas o que as pessoas que a contrataram acham, por terem depositado sua confiança nela...

– Quer dizer que o senhor e a sra. Van "não sei o que" não a recomendarão para um novo emprego?

– Dificilmente, a não ser para atender a exigências legais.

– E o senhor acha que ela virá para a Inglaterra com o objetivo de viver às custas de Ellie?

– Não quero que você fique contra ela. Afinal de contas, tudo isso não passa de conjeturas. Não gosto de algumas coisas que fez e da maneira como agiu. Creio que Ellie, cujo coração é muito generoso, se sentirá perturbada de ter, digamos assim, arruinado de várias formas as futuras oportunidades de Greta. É provável que insista impulsivamente que Greta venha morar com vocês.

– Não acho que insistirá – opinei, falando devagar. De qualquer forma, eu parecia um pouco preocupado, e acho que o sr. Lippincott percebeu. – Mas não poderíamos, ou melhor, Ellie não poderia lhe dar uma pensão?

– Não devemos colocar as coisas desse jeito – disse o sr. Lippincott. – A aposentadoria sugere uma certa idade, e Greta é jovem, uma mulher muito bonita, por sinal. Linda, aliás – acrescentou, em tom de desaprovação. – Muito atraente.

– Bem, talvez se case – falei. – Se ela é assim tão especial, por que ainda não se casou?

– Houve gente interessada, parece, mas ela não quis. Sua sugestão, porém, é muito pertinente. Pode ser colocada em prática sem ferir a suscetibilidade de ninguém. Pareceria muito natural que, atingida a maioridade de Ellie e tendo em vista que a competência de Greta ajudou no casamento, se lhe fosse destinada determinada quantia como prova de gratidão. – O sr. Lippincott fez com que as duas últimas palavras soassem azedas como limão.

– Bem, então está tudo certo – disse eu, com alegria.

– Vejo mais uma vez que você é otimista. Esperemos que Greta aceite a oferta.

– Por que não aceitaria? Seria louca se recusasse.

– Não sei – disse o sr. Lippincott. – Eu diria que seria extraordinário se não aceitasse, e elas continuassem amigas, claro.

– O senhor acha... O que o senhor acha?

– Gostaria de desfazer a influência dela sobre Ellie – confessou o sr. Lippincott, levantando-se. – Você me ajudará e fará todo o possível para atingirmos esse objetivo, não?

– Pode ficar tranquilo – respondi. – A última coisa que quero é ter Greta do nosso lado o tempo todo.

– Talvez mude de ideia quando a vir – advertiu o sr. Lippincott.

– Acho que não – fui firme. – Não gosto de mulheres mandonas, por mais eficientes e bonitas que sejam.

– Obrigado, Michael, por me ouvir com tanta paciência. Espero que vocês dois me deem o prazer de jantar comigo um dia desses. Que tal na próxima terça? Cora van Stuyvesant e Frank Barton devem estar em Londres nessa ocasião.

– E terei de conhecê-los, suponho.

– Sim, será inevitável. – Dirigiu-me um sorriso, dessa vez mais sincero do que antes. – Não se preocupe tanto – disse. – Cora, imagino, será muito grosseira. Frank será apenas pouco diplomático. Reuben não estará presente.

Não sabia quem era Reuben. Outro parente, supus.

Caminhei em direção às portas e as abri.

– Pode vir, Ellie. O interrogatório terminou.

Ela voltou à sala e olhou rapidamente para Lippincott e para mim. Deu um beijo nele.

– Querido tio Andrew – disse ela –, estou vendo que tratou Michael bem.

– Minha querida, se não tratasse bem seu marido, não lhes serviria para nada no futuro, não é? Reservo-me o direito de lhes dar alguns conselhos de vez em quando. Vocês ainda são muito jovens. Os dois.

– Tudo bem, ouviremos com atenção – concordou Ellie.

– Agora, minha querida, gostaria de conversar um pouco a sós com você, se possível.

– Minha vez de ser expulso – falei e fui para o quarto.

Fechei as portas duplas ostensivamente, mas abri a de dentro de novo logo que entrei. Não sou tão educado quanto Ellie e, por isso, fiquei um pouco ansioso para ver o quão hipócrita o sr. Lippincott poderia ser. Na verdade, porém, não foi dito nada que eu não pudesse ouvir. Ele deu um ou dois conselhos a Ellie. Disse que devia compreender que não seria fácil para mim, homem pobre, estar casado com uma mulher rica, e passou a sondá-la a respeito de um acerto de contas com Greta. Ellie concordou sem pestanejar, dizendo que ia pedir-lhe justamente isso. O sr. Lippincott sugeriu também um acordo adicional com Cora van Stuyvesant.

– Não há necessidade nenhuma disso – disse ele. – Ela já recebe o bastante de pensão alimentícia de seus diversos maridos. E, como você sabe, recebe uma renda, embora não muito grande, do fundo fiduciário deixado por seu avô.

– Mas o senhor acha que devo lhe dar mais ainda?

– Creio que não existe nenhuma obrigação de ordem legal ou moral. A minha ideia é que, dessa forma, ela a perturbará menos. O trâmite se daria como aumento de renda, que pode ser revogado a qualquer momento. Se você descobrir que ela anda espalhando boatos maldosos sobre Michael, sobre você ou sobre sua vida em comum, o conhecimento da possibilidade de revogação lhe tirará da língua as farpas venenosas que ela sabe tão bem desferir.

– Cora sempre me odiou – disse Ellie. – Sei disso. – Perguntou, meio acanhada: – O senhor gostou do Mike, tio Andrew?

– Pareceu-me um jovem extremamente simpático – respondeu o sr. Lippincott. – Consigo entender por que se casou com ele.

Suponho que isso era o melhor que eu poderia esperar. Sabia que não fazia seu tipo. Fechei a porta sem fazer barulho e, pouco tempo depois, Ellie veio me buscar.

Estávamos nos despedindo de Lippincott quando ouvimos uma batida na porta e um mensageiro entrou com um telegrama. Ellie o recebeu e abriu, fazendo ligeira exclamação de surpresa.

– É de Greta – anunciou –, ela está chegando a Londres hoje à noite e virá nos visitar amanhã. Que bom! – Olhou para nós dois. – Não é mesmo? – perguntou.

Ellie viu dois rostos mal-humorados e ouviu duas vozes educadas, uma que disse "Claro, minha querida", e a outra, "Evidentemente".

Capítulo 11

Passei a manhã seguinte na rua fazendo compras e voltei ao hotel mais tarde do que esperava. Ellie estava sentada no saguão central e, à sua frente, havia uma jovem alta e loura. Era Greta. Ambas falavam feito duas matracas.

Nunca tive muito jeito para descrever as pessoas, mas farei uma breve descrição de Greta. Para começar, não se podia negar que era uma moça muito bonita, como dissera Ellie, e, como o sr. Lippincott admitira com relutância, muito bem-apessoada. Não é a mesma coisa. Se você diz que uma mulher é bem-apessoada, não significa necessariamente que a admira. O sr. Lippincott, pelo que observei, não admirava Greta. Seja como for, quando Greta atravessava o saguão de um hotel ou restaurante, os homens viravam a cabeça para contemplá-la. Tratava-se de um tipo nórdico de loura, com cabelos cor de milho, enrolados no alto da cabeça, como estava na moda, e não caídos para cada lado do rosto, como se usava em Chelsea. Parecia o que era: sueca ou alemã. Aliás, se usasse um par de asas num baile a fantasia, poderia passar por uma valquíria. Tinha olhos azul-claros e curvas admiráveis. Admitamos: uma deidade!

Fui em direção ao lugar em que estavam e me juntei a elas, cumprimentando-as da maneira que julguei natural e simpática, embora me sentisse meio sem graça. Nem sempre consigo ser bom ator. Ellie disse de imediato:

– Finalmente, Mike, esta é Greta.

Disse que já imaginava, de maneira descontraída, mas não muito alegre. Falei:

– Muito prazer em conhecê-la, Greta.

Ellie comentou:

– Como você bem sabe, se não fosse Greta, nunca teríamos nos casado.

– Teríamos dado um jeito de qualquer maneira – afirmei.

– Não se a família caísse em cima de nós como uma tonelada de carvão. Eles conseguiriam impedir de alguma forma. Conte-me, Greta, fizeram muito rebuliço? – Ellie perguntou. – Você não me escreveu nem falou nada a respeito.

– Sou sensata o suficiente – disse Greta – para não escrever a um feliz casal em lua de mel.

– Mas eles ficaram muito irritados com você?

– Claro! Como não? Mas eu estava preparada para isso, garanto.

– O que disseram ou fizeram?

– Tudo o que estava a seu alcance – disse Greta, alegremente. – A começar pela demissão.

– Sim, imagino que fosse inevitável. Mas o que você fez? Eles não podem se recusar a lhe dar boas referências.

– Claro que podem. Do ponto de vista deles, eu ocupava uma posição de confiança, da qual abusei vergonhosamente. – Acrescentou: – Aliás, com muito prazer.

– Mas o que fará agora?

– Tenho um trabalho esperando por mim.

– Em Nova York?

– Não. Aqui em Londres. De secretária.

– Mas você está passando necessidade?

– Ellie, querida – disse Greta –, como poderia passar necessidade com aquele belo cheque que você me mandou prevendo o que iria acontecer quando as coisas apertassem?

O inglês dela era muito bom, com pouquíssimo sotaque, embora usasse muitas expressões coloquiais sem grande propriedade.

– Viajei um pouco pelo mundo, me estabeleci em Londres e comprei muita coisa.

– Mike e eu compramos muita coisa também – contou Ellie, sorrindo ao se lembrar.

Era verdade: nos esbaldamos na Europa. Foi maravilhoso ter dólares para gastar, sem nos preocupar com impostos. Na Itália, compramos brocados e tecidos para a casa, além de quadros, tanto na Itália quanto na França, pagando uma fortuna. Descortinava-se para mim um mundo completamente novo, jamais sonhado.

– Vocês dois parecem muito felizes – observou Greta.

– Você ainda não viu nossa casa – comentou Ellie. – Vai ficar linda. A casa de nossos sonhos, não é, Mike?

– Já vi, sim – contou Greta. – No dia em que voltei à Inglaterra, aluguei um carro e fui até lá.

– E aí? – perguntou Ellie.

Repeti a mesma indagação.

– Pois é – falou Greta, em tom reflexivo, virando a cabeça de um lado para o outro.

Ellie ficou consternada e terrivelmente surpresa. Eu, porém, não me espantei. Vi na hora que Greta estava brincando. A brincadeira podia se de mau gosto, mas não durou muito tempo, porque Greta logo desatou a rir, gargalhando tão alto que todos olharam para nós.

– Precisavam ver a cara de vocês – disse –, principalmente a sua, Ellie. Eu estava brincando. É uma casa linda. Aquele homem é um gênio.

– Sim – concordei –, fora de série. Verá quando o conhecer.

– Já o conheço – disse Greta. – Ele estava lá no dia em que eu fui. Uma pessoa maravilhosa. Meio medonho, não?

– Medonho? – perguntei, surpreso. – Em que sentido?

– Não sei. É como se enxergasse através de você, do outro lado. Isso é sempre constrangedor. – Depois acrescentou: – Parece muito doente.

– Ele está doente mesmo. Muito doente – confirmei.

– Que pena! O que ele tem? Tuberculose, algo assim?

– Não – respondi –, acho que não é tuberculose. Parece que é alguma coisa no sangue.

– Sei. Os médicos encontram cura para quase tudo hoje em dia, a não ser que matem o paciente antes, no processo. Mas não pensemos nisso. Falemos da casa. Quando ficará pronta?

– Em pouco tempo, imagino, pelo andar da carruagem. Jamais pensei que uma casa pudesse ser construída tão rápido – comentei.

– Ah – exclamou Greta, despreocupada –, é o poder do dinheiro. Turnos duplos, bônus etc. Você não imagina, Ellie, como é maravilhoso ter todo o dinheiro que tem.

Mas *eu* sabia. Vinha aprendendo muito nas últimas semanas. Adentrava, por conta do casamento, um mundo totalmente diferente, e não era como eu imaginava de fora. Até então, na minha vida, acertar uma "dupla" constituía minha máxima noção de riqueza. Um dinheiro que saía tão rápido quanto entrava. Gastava com bobagens. Imaturidade, eu sei. Típico de minha classe. Mas o mundo de Ellie era diferente. Não era o que eu julgava. Cada vez mais e mais luxo. Não havia banheiros maiores, casas mais espaçosas, mais luminárias, refeições mais fartas e carros mais velozes. Não se gastava por gastar só para se mostrar diante dos outros. Não. Era um mundo estranhamente simples. O tipo de simplicidade a que se chega após atingir o ponto de ostentar por ostentar. Ninguém precisa de três iates ou quatro carros, ninguém come mais do que três vezes ao dia e, mesmo podendo comprar quantas obras de arte quiser, ninguém coloca mais de um quadro no quarto. Muito simples. Tem-se tudo do bom e do melhor, não tanto por ser o melhor, mas porque, se você quer alguma coisa específica, você pode tê-la. Não existe essa história de "Não tenho como bancar". Assim, por mais estranho que possa parecer, às vezes a coisa é de uma simplicidade tão curiosa que eu não conseguia entender. Estávamos contemplando um quadro impressionista francês, creio que de Cézanne. Tive que aprender esse nome, porque sempre confundia com *tzigane*, que, segundo entendo, é uma orquestra de ciganos. E então, quando passeávamos pelas ruas de Veneza, Ellie parou para ver uns artistas de calçada. De um modo geral, pintavam quadros horríveis para turistas, todos iguais: retratos com grandes fileiras de dentes brilhantes e geralmente cabelos louros caindo pelo pescoço.

Ellie comprou um quadro pequeno, paisagístico, com a vista de um canal. O homem que o havia pintado avaliou nosso aspecto e vendeu-lhe a obra por seis libras, pelo câmbio inglês. O curioso é que eu sabia perfeitamente que o desejo de Ellie por aquele quadro de seis libras era o mesmo que ela nutria pelo quadro de Cézanne.

A mesma coisa aconteceu um dia em Paris. Ela me disse, de repente:

– Vamos nos divertir: comprar um pão francês saído do forno e comê-lo com manteiga e um daqueles queijos embrulhados em folhas.

Foi o que fizemos, e acho que Ellie gostou mais desse lanche do que o jantar da noite anterior, que havia custado cerca de vinte libras. No início, não entendia direito, mas depois comecei a entender. O estranho é que agora podia ver que a vida de casado com Ellie não se resumia a prazeres e divertimentos. Tive que fazer meu dever de casa, aprender a me comportar num restaurante, que pratos pedir, quanto dar de gorjeta e quando, por algum motivo, dar mais do que o normal. Precisava saber que bebida combina com qual comida. Tudo isso sozinho, só observando. Não podia perguntar a Ellie, porque essa seria uma das coisas que ela não teria entendido. Diria: "Mas, querido, você pode pedir o que quiser. Não importa se os garçons acham que um determinado vinho combina melhor com aquele prato". Aquilo não tinha importância para ela porque era seu meio, mas para mim tinha, porque eu não podia fazer o que queria. Não tinha essa simplicidade. O mesmo acontecia em relação às roupas. Ellie me ajudou mais nessa área, pois compreendia melhor. Levava-me aos melhores lugares e dizia-me para deixar na mão deles.

É claro que eu ainda não havia adquirido boa aparência e boas maneiras, mas não me importava muito. Aprendera o suficiente para satisfazer pessoas como o sr. Lippincott e, logo, segundo presumia, a madrasta e os tios de Ellie quando chegassem. Aquilo, certamente, não teria nenhuma importância no futuro. Quando a casa estivesse construída e nos mudássemos para lá, ficaríamos longe de todo mundo. Poderia ser nosso reino. Observei Greta sentada na minha frente. Fiquei me perguntando o que ela realmente achava da nossa casa. De qualquer forma, era o que eu queria. Estava totalmente satisfeito. Desejava descer de carro uma trilha já em terreno privado por entre as árvores até uma pequena enseada, que seria nossa praia particular, sem acesso por terra para pessoas de fora. Seria mil vezes melhor, pensava, mergulhar no mar ali. Mil vezes melhor do que um balneário com centenas de corpos deitados. Eu não desejava a riqueza *sem sentido*. Queria – eis minhas palavras de novo, minhas palavras preferidas: quero, quero... Tinha consciência de todos os sentimentos que em mim despontavam. Queria uma mulher maravilhosa, uma casa maravilhosa, diferente de todas, cheia de coisas maravilhosas que pertencessem a *mim*. Tudo seria meu.

– Ele está pensando na nossa casa – disse Ellie.

Parece-me que ela já havia sugerido duas vezes que fôssemos para a sala de jantar. Olhei-a com carinho.

Mais tarde naquele mesmo dia, já de noite, quando estávamos nos arrumando para sair, Ellie perguntou, com certa hesitação:

– Mike, você gosta de Greta, não?

– Claro que sim – respondi.

– Não suportaria se não gostasse.

– Mas eu gosto – protestei. – Por que acha que não?

– Não sei direito. Você quase não olha para ela quando conversam.

– Bem, imagino que seja... porque fico nervoso.

– Nervoso por causa de Greta?

– Sim, ela é meio imponente.

E contei a Ellie que achava Greta parecida com uma valquíria.

– Não tão gorda como as de ópera – disse Ellie, rindo.

Nós dois rimos. Eu disse:

– Isso não faz muita diferença para você, que a conhece há anos, mas ela é meio, aliás, muito eficiente, prática e sofisticada. – Lutava com as palavras, que não pareciam ser adequadas. Confessei subitamente: – Sinto-me deixado de lado quando ela está presente.

– Ah, Mike! – exclamou Ellie, com peso na consciência. – Sei que conversamos muito, são muitos assuntos... coisas que aconteceram antigamente. Entendo que isso possa lhe causar constrangimento. Mas vocês logo ficarão amigos. Ela me falou que gosta muito de você.

– Ellie, ela diria o mesmo, ainda que não gostasse.

– Não. Greta é muito franca. Você ouviu algumas das coisas que ela falou hoje.

É verdade que Greta não mediu palavras durante o almoço. Disse, dirigindo-se a mim, não a Ellie:

– Você deve ter achado estranho meu modo de ajudar Ellie sem nem conhecê-lo. Mas estava tão furiosa com a vida que a obrigavam a levar... Metida num casulo cheio de dinheiro e ideias tradicionais. Nunca lhe deram oportunidade de se divertir, sair sozinha e fazer o que bem entendesse. Ela queria se rebelar, mas não sabia como. Então, admito, a incentivei. Sugeria que pesquisasse imóveis na Inglaterra. Quando fizesse 21 anos, poderia comprar um apartamento próprio e dizer adeus a toda aquela gente de Nova York.

– Greta sempre tem ideias maravilhosas – disse Ellie. – Pensa em coisas em que eu jamais pensaria.

Quais haviam sido as palavras que o sr. Lippincott me dissera? "Ela exerce demasiada influência sobre Ellie." Seria verdade? Por mais estranho que possa parecer, achava que não. Sentia que Greta, mesmo conhecendo-a tão bem, nunca havia penetrado em seu âmago. Ellie, sem dúvida, aceitava ideias condizentes com as suas. Greta pregara rebeldia a Ellie, mas a própria Ellie já queria rebelar-se, sem saber como. No entanto, agora que a conhecia melhor, Ellie me parecia uma dessas pessoas muito simples que de repente nos surpreendem. Julgava-a perfeitamente capaz de tomar uma atitude, se quisesse. A questão era que, muitas vezes, não queria. Pensei na dificuldade que temos de entender os outros. Mesmo Ellie. Mesmo Greta. Talvez até a minha própria mãe... A maneira de me olhar, com medo nos olhos.

Perguntei, enquanto descascávamos uns pêssegos enormes:

– E o sr. Lippincott? Ele pareceu aceitar muito bem nosso casamento. Foi uma surpresa.

– O sr. Lippincott é uma velha raposa – disse Greta.

– Você sempre diz isso, Greta – comentou Ellie –, mas o considero muito amável, rigoroso, correto etc.

– Continue pensando assim, se quiser – disse Greta. – Eu não confio nele.

– Não confia nele! – exclamou Ellie.

Greta fez que não com a cabeça.

– Sei que ele é um pilar de respeitabilidade e fidedignidade. Tudo o que se espera de um fiduciário e advogado.

Ellie riu e disse:

– Você está querendo dizer que ele se apoderou da minha fortuna? Não seja tola, Greta. Existem milhares de auditores, bancos, verificações e coisas do gênero.

– Imagino que seja um homem correto – continuou Greta. – Mesmo assim, são pessoas como ele que fazem esse tipo de coisa. Pessoas "confiáveis". Depois comentam: "Jamais desconfiei que fulano ou beltrano fosse capaz de fazer isso. Seria a última pessoa neste mundo". Sim, é isso o que dizem: "A última pessoa neste mundo".

Ellie disse, ponderadamente, que seu tio Frank, em sua opinião, era muito mais propenso à desonestidade. Não pareceu muito preocupada ou surpresa com a ideia.

– Tem cara de desonesto, mesmo – concordou Greta. – Isso já o coloca em situação de desvantagem. Toda aquela simpatia e cordialidade. Mas ele jamais estará em posição de ser um pilantra que se preze.

– É o irmão de sua mãe? – perguntei. – Sempre me confundo com os parentes de Ellie.

– É o marido da irmã de meu pai – respondeu Ellie. – Ela o abandonou, casou-se de novo e morreu há cerca de seis ou sete anos. O tio Frank tem vivido mais ou menos às custas da família.

– São três – contou Greta, simpática e prestativa. – Três parasitas, como se costuma dizer. Os tios verdadeiros de Ellie morreram, um na Coreia e um num acidente de carro. O que lhe resta, então, é uma madrasta gravemente prejudicada, um tio Frank, um afável parasita na casa da família, o primo Reuben, a quem chama de tio, mas que é primo, Andrew Lippincott e Stanford Lloyd.

– Quem é Stanford Lloyd? – perguntei, desnorteado.

– Uma espécie de fiduciário, não, Ellie? De qualquer maneira, administra investimentos e coisas do tipo, o que não deve ser muito difícil, porque quando se tem uma fortuna como a de Ellie o dinheiro se multiplica sozinho, sem necessidade de muito esforço de ninguém. Esse é o principal grupo que a cerca. – Acrescentou: – Você vai conhecê-los em breve, tenho certeza. Eles virão aqui para ver quem você é.

Soltei um grunhido e olhei para Ellie. Esta, muito gentil e doce, me disse:

– Não se preocupe, Mike, depois eles vão embora.

Capítulo 12

E eles vieram. Não ficaram muito tempo, ao menos na primeira visita. Queriam me conhecer. Achei difícil entendê-los, por serem americanos. Eram tipos de pessoas com os quais não estava familiarizado. Alguns, bastante amáveis, como o tio Frank, por exemplo. Concordei com Greta em relação a ele. Não parecia confiável. Eu já havia cruzado com um sujeito assim na Inglaterra. Era corpulento, um pouco barrigudo e tinha pelo sobrando debaixo dos olhos, o que lhe conferia uma aparência degenerada que talvez se justificasse. Apreciava as mulheres, julguei, e andava à cata da grande oportunidade. Uma ou duas vezes, pediu-me dinheiro emprestado – não muito, apenas o necessário, como se diz, para tirá-lo do aperto por um ou dois dias. Achei que não se tratava tanto do dinheiro, mas de um teste para ver se eu era mão aberta. Fiquei um pouco preocupado, porque não sabia direito como proceder. Seria melhor recusar de cara e dar a impressão de que eu era pão-duro ou assumir uma postura de desapego que eu estava longe de sentir? Que se dane o tio Frank, pensei.

Cora, a madrasta de Ellie, foi quem mais me interessou. Mulher de aproximadamente quarenta anos, vestia-se com elegância, tinha cabelos pintados e maneiras bastante efusivas. Era pura meiguice com Ellie.

– Não ligue para as cartas que lhe escrevi, Ellie – disse ela. – Você há de reconhecer que foi um tremendo choque para nós o seu casamento daquele modo, tão secreto. Mas sei perfeitamente que foi Greta quem a induziu a agir assim.

– Não coloque a culpa em Greta – falou Ellie. – Eu não queria que vocês ficassem chateados. Apenas achei que quanto menos confusão...

– Claro, minha querida, você não deixa de ter razão. Os homens de negócios ficaram literalmente lívidos. Stanford Lloyd e Andrew Lippincott, por exemplo. Acharam que seriam acusados de não cuidar melhor de você. E também não faziam a menor ideia de quem era Mike. Não imaginavam que era encantador. Nem eu.

Dirigiu-me um olhar risonho, muito meigo e um dos mais falsos que já vi! Pensei que mulher alguma poderia odiar um homem como Cora a mim. Sua doçura em relação a Ellie era bem compreensível. Andrew Lippincott, de volta aos Estados Unidos, sem dúvida lhe aconselhara cautela. Ellie estava vendendo parte de seus bens, uma vez que decidira morar na Inglaterra, mas iria conceder uma suntuosa pensão a Cora, a fim de que esta pudesse morar onde quisesse. Ninguém falava muito do marido de Cora. Pelo que entendi, partira para outra parte do mundo, e não havia ido sozinho. Mais um divórcio pendente. Neste caso, não haveria pensão alimentícia. O último casamento de Cora tinha sido com um homem muito mais novo, cujas atrações físicas sobrepujavam as financeiras.

Cora queria aquela pensão. Era uma mulher de gosto excêntrico. O velho Andrew Lippincott havia esclarecido que tal pensão poderia ser suspensa no momento que Ellie quisesse, ou se Cora continuasse a criticar seu marido.

O primo Reuben, ou tio Reuben, não veio. Escreveu uma carta neutra e amável, fazendo votos de felicidade, mas duvidando de que lhe agradasse morar na Inglaterra. "Se não gostar, Ellie, volte logo para os Estados Unidos. Não pense que não será bem recebida, porque será, principalmente pelo tio Reuben."

– Parece boa gente – comentei com Ellie.

– Sim – disse Ellie, pensativa. Não parecia muito convencida disso.

– Você gosta de algum deles, Ellie? – indaguei. – Ou não deveria lhe perguntar isso?

– Pode me perguntar o que quiser – falou, mas mesmo assim não respondeu por um tempo. Depois disse, decidida: – Acho que não gosto. É estranho, mas imagino que seja porque sinto que não faço parte. Só sou ligada a eles pelo meio, não pelo relacionamento. Nenhum deles é meu parente de sangue. Pelo que me lembro, amava meu pai. Era um homem fraco e acho que desapontou meu avô por não ter tino para os negócios. Não queria entrar no mundo dos negócios. Gostava de pescar na Flórida, esse tipo de coisa. Casou-se, mais tarde, com Cora, de quem nunca gostei muito, nem ela de mim. Da minha mãe verdadeira, é claro, não me lembro. Gostava do tio Henry e do tio Joe. Eram divertidos. De certo modo, mais do que meu pai. Meu pai era um sujeito mais quieto e triste. Mas meus tios se divertiam. O tio Joe parecia mais doido, fazia extravagâncias com o dinheiro. Morreu num acidente de carro, e o outro foi morto na guerra. Meu avô já estava doente na época e ficou muito abalado com a morte dos três filhos. Não gostava de Cora e não dava muita importância para os parentes mais distantes. O tio Reuben, por exemplo. Dizia que era imprevisível. Por isso, decidiu deixar todo o dinheiro em fundos fiduciários. Grande parte foi para museus e hospitais. Cora ficou bem amparada, assim como o marido de sua irmã, o tio Frank.

– Mas a maior parte ficou para você?

– Sim. E acho que isso o preocupava um pouco. Fez o possível para que fosse bem administrado para mim.

– Pelo tio Andrew e pelo sr. Stanford Lloyd, um advogado e um banqueiro.

– Sim. Suponho que não me julgasse capaz de administrar o dinheiro sozinha. O estranho é que me deixou receber com 21 anos, sem esperar até os 25, como muita gente faz. Talvez por ser mulher.

– Estranho – comentei. – Me parece que deveria ser justamente o contrário.

Ellie sacudiu a cabeça.

– Não – disse –, acho que meu avô considerava os jovens do sexo masculino sempre irresponsáveis e precipitados, deixando-se dominar por louras mal-intencionadas. Achava aconselhável dar-lhes tempo para se entregarem aos prazeres da juventude. É assim que se diz na Inglaterra, não? Mas uma vez ele me disse: "Se uma jovem tiver bom senso, já terá aos 21. Não faz sentido fazê-la esperar mais quatro anos. Se for uma tola, será igualzinha aos 25". Disse também – Ellie me olhou e sorriu – que não me achava tola, acrescentando: "Você pode não saber muita coisa da vida, mas tem bom senso, principalmente em relação às pessoas. Creio que sempre terá".

– Acho que não gostaria de mim – falei, em tom de reflexão.

Ellie é muito sincera. Não procurou me tranquilizar com palavras que não fossem absolutamente verdadeiras.

– Não – concordou –, acho que ficaria horrorizado no começo. Teria que se acostumar.

– Pobre Ellie – soltei, de repente.

– Por que você está dizendo isso?

– Já disse antes, lembra?

– Sim. Você me chamou de pobre menina rica. E tinha toda a razão.

– Não estou querendo dizer a mesma coisa agora – expliquei. – Não digo pobre por ser rica, mas... – hesitei. – Você tem muita gente *atrás* de você, à sua volta, muita gente querendo obter favores, sem ligar realmente para o que você é. Verdade ou mentira?

– Acho que o tio Andrew se preocupa comigo – disse Ellie, sem convicção. – Sempre me tratou muito bem e foi compreensivo. Os outros, não. Você tem toda a razão. Só querem se aproveitar.

– Vivem mendigando, não? Dinheiro, favores. Querem que você os tire de enrascadas, esse tipo de coisa. Sempre *atrás* de você!

– Suponho que seja natural – disse Ellie calmamente –, mas já cansei dessa história. Vou morar aqui na Inglaterra. Não os verei muito.

Estava equivocada nesse ponto, claro, mas ainda não havia se dado conta. Stanford Lloyd veio sozinho mais tarde, com uma papelada para Ellie assinar, e queria sua autorização para fazer uns investimentos. Conversaram sobre investimentos, ações e bens que possuía e da disposição dos fundos fiduciários. Aquilo era grego para mim. Não tinha como ajudá-la ou dar conselhos. Também não podia impedir que Stanford Lloyd a enganasse. Tinha esperança de que não o fizesse, mas como um ignorante como eu poderia ter certeza?

Stanford Lloyd parecia "bom demais para ser verdade". Era banqueiro e tinha cara de banqueiro. Homem bonito, mesmo já não sendo jovem, e muito educado comigo, apesar de não me ter em bom conceito, o que disfarçava bem.

– Bem – falei quando finalmente se foi –, esse é o último do bando.

– Você não gostou muito de ninguém, não é?

– Achei Cora, sua madrasta, a mulher mais falsa que já conheci. Desculpe-me, Ellie, talvez não devesse falar assim.

– Por que não, se é o que pensa? E não está longe da verdade.

– Você deve ter sido muito solitária, Ellie – supus.

– Sim, era solitária. Conhecia meninas da minha idade, frequentei uma boa escola, mas nunca fui realmente *livre.* Se fazia amizade com alguém, sempre davam um jeito de nos separar, colocando outra menina no lugar. Era tudo baseado no status social. Se gostasse muito de alguém a ponto de brigar... mas nunca cheguei a esse ponto. Nunca gostei de verdade de ninguém. Até que chegou Greta, e aí tudo mudou. Pela primeira vez, alguém gostava mesmo de mim. Foi maravilhoso! – Seu rosto desanuviou-se.

– Queria... – falei ao me afastar em direção à janela.

– O quê?

– Não sei... Queria que você não fosse tão dependente de Greta. Não é bom ser dependente assim de ninguém.

– Você não gosta dela, Mike – afirmou Ellie.

– Gosto, sim – protestei, sem pestanejar. – Gosto mesmo. Mas você precisa entender, Ellie, que para mim ela é uma estranha. Admito que estou com um pouco de ciúme, tudo bem. Ciúme porque você e ela... bem, não tinha entendido antes o quanto vocês duas eram ligadas.

– Não precisa ter ciúme. Ela é a única pessoa que me fez bem, que se preocupou comigo... até eu conhecer você.

– Mas agora você me conhece – continuei –, estamos casados. – Repeti depois o que dissera antes: – E vamos viver felizes para sempre.

Capítulo 13

Da melhor forma possível, embora isso não signifique muito, estou tentando retratar as pessoas que entraram na nossa vida, aliás, na *minha* vida, porque na de Ellie já estavam. Nosso erro foi achar que depois sairiam. Não saíram, nem tinham a menor intenção de fazê-lo. Na época, porém, não sabíamos disso.

O lado inglês de nossa vida veio logo depois. Recebemos um telegrama de Santonix avisando que a casa estava pronta. Devíamos esperar uma semana, mas em seguida chegou outro telegrama dizendo: "Venham amanhã".

Fomos até lá e chegamos ao pôr do sol. Santonix ouviu o som do carro e saiu para nos receber. Quando vi nossa casa terminada, algo saltou dentro de mim, como que a me irromper da pele! Era a *minha casa*. Finalmente conseguira! Apertei o braço de Ellie.

– Gostou? – perguntou Santonix.

– Achei o máximo! – respondi. Resposta meio boba, mas ele entendeu o que eu quis dizer.

– Sim – disse ele –, é o que já fiz de melhor... Sai caro, mas vale a pena. Superei minhas expectativas em todos os aspectos. Venha, Mike – disse –, pegue-a nos braços e atravesse a soleira da porta. É o que se costuma fazer ao tomar posse de uma casa com a esposa recém-casada!

Fiquei vermelho. Peguei Ellie no colo – até que ela era leve – e atravessei a soleira como Santonix havia sugerido. Tropecei ligeiramente e vi Santonix de testa franzida.

– Pronto – disse o arquiteto. – Trate-a bem, Mike. Cuide bem dela. Não deixe que nada de mau lhe aconteça. Ela não sabe se cuidar sozinha, embora ache que sabe.

– Por que haveria de acontecer algo de mau comigo? – indagou Ellie.

– Porque este mundo é mau e está cheio de pessoas más – explicou Santonix –, algumas ao seu redor, minha querida. Eu sei. Vi uma ou duas delas. Aqui mesmo. Vêm espreitar, fuçar, como ratos que são. Desculpe-me a forma, mas alguém tem que falar.

– Não nos importunarão – garantiu Ellie. – Voltaram todos para os Estados Unidos.

– Talvez – disse Santonix –, mas não se esqueça de que os Estados Unidos ficam a poucas horas de avião daqui.

Ele pôs as mãos nos ombros dela. Estava muito magro e pálido. Parecia terrivelmente doente.

– Eu próprio cuidaria de você, menina, se pudesse – disse –, mas não posso. Não me resta muito tempo agora. Terá de se virar sozinha.

– Deixe de ciganice, Santonix – falei –, e nos mostre a casa. Quero ver tudo.

Fomos conhecer a casa. Alguns quartos ainda estavam vazios, mas encontramos quase tudo o que havíamos comprado – quadros, móveis e cortinas.

– Ainda não temos um nome para a casa – comentou Ellie, subitamente. – Não podemos chamá-la de As Torres, um nome ridículo. Qual era mesmo o outro nome que você me falou uma vez? – perguntou-me. – Campo do Cigano?

– Esse nome não – cortei bruscamente. – Não gosto.

– É como sempre foi chamado aqui nas redondezas – disse Santonix.

E, então, nos sentamos no terraço, contemplando o pôr do sol e a vista, pensando em nomes para a casa. Era uma espécie de brincadeira. Começamos falando sério e no final já estávamos dizendo os nomes mais bobos que nos vinham à cabeça. "Fim da Jornada", "Deleite do Coração" e denominações como as de hospedarias, "Vista ao Mar", "Nosso Cantinho", "Os Pinheiros". Depois, como escureceu e esfriou de repente, resolvemos entrar. Não fechamos as cortinas, apenas as janelas. Trouxemos mantimentos. No dia seguinte, chegaria uma equipe de empregados domésticos, contratados por altos salários.

– Provavelmente detestarão o lugar, dirão que é muito isolado e irão embora – previu Ellie.

– E aí você pagará o dobro para eles ficarem – disse Santonix.

– Você acha que todo mundo pode ser comprado! – acusou Ellie, mas com um sorriso no rosto.

Havíamos trazido *pâté en croûte*, pão francês e grandes lagostins vermelhos. Sentamos em volta da mesa a rir, comer e conversar. Até Santonix parecia forte e animado, com brilho nos olhos.

Então, algo aconteceu de repente. Uma pedra entrou pela janela e caiu na mesa. Quebrou o vidro e um estilhaço feriu o rosto de Ellie. Por um instante, ficamos paralisados, até que me levantei, corri para a janela, abri o trinco e fui ao terraço. Não havia ninguém. Entrei de volta.

Peguei um guardanapo e, inclinando-me sobre Ellie, limpei um filete de sangue que lhe escorria pela face.

– Cortou um pouquinho... Não é nada de mais, querida. Apenas um pequeno corte produzido por um estilhaço de vidro.

Santonix e eu nos olhamos.

– Por que alguém faria isso? – perguntou-se Ellie. Estava perplexa.

– Moleques – expliquei –, esses jovens vândalos. Devem saber que nos mudamos. Ouso dizer que você teve sorte de que só jogaram uma pedra. Poderiam ter usado uma espingarda ou coisa parecida.

– Mas *por que* fazer isso contra nós? *Por quê*?

– Não sei – respondi. – Simples bestialidade.

Ellie levantou-se de repente, dizendo:

– Estou assustada. Estou com medo.

– Descobriremos amanhã – procurei tranquilizá-la. – Não sabemos muito a respeito das pessoas da região.

– Será que é porque somos ricos e eles são pobres? – perguntou Ellie, não a mim, mas a Santonix, como se ele fosse saber a resposta melhor do que eu.

– Não – disse Santonix com calma. – Não acho que seja isso...

Ellie afirmou:

– É porque nos odeiam... a Mike e a mim. *Por quê*? Por que somos felizes?

Mais uma vez, Santonix discordou com a cabeça.

– Não – disse Ellie, como se concordasse com ele –, não, é alguma outra coisa. Alguma coisa que não sabemos. Campo do Cigano. Qualquer um que morar aqui será odiado, perseguido. Talvez consigam nos afugentar...

Servi um copo de vinho e entreguei a ela.

– Não diga essas coisas, Ellie – supliquei. – Tome isso. Foi desagradável o que aconteceu, mas foi apenas estupidez, uma brincadeira de mau gosto.

– É o que me pergunto – disse Ellie –, é o que me pergunto. – Olhou para mim com dureza. – Alguém está tentando nos afastar daqui, Mike. Nos afastar da casa que construímos, da casa que amamos.

– Não deixaremos que isso aconteça – garanti. – Cuidarei de você. Niguém lhe fará mal.

Ela olhou de novo para Santonix.

– Você deve saber – disse –, porque estava aqui durante a construção da casa. Ninguém nunca lhe disse nada? Ninguém veio atirar pedras, atrapalhar a obra?

– É possível fazer conjeturas – disse Santonix.

– *Houve* acidentes, então?

– Sempre ocorrem acidentes quando se constrói uma casa. Nada grave ou trágico. Um homem cai da escada, alguém deixa cair um peso no pé, alguém corta o dedão e a ferida infecciona.

– Nada além disso? Nada que possa ter sido *de propósito*?

– Não – respondeu Santonix. – Não mesmo. Sou capaz de jurar que não!

Ellie virou-se para mim.

– Lembra-se daquela cigana, Mike? Como estava estranha naquele dia. Avisou-me para não vir aqui.

– Ela é meio biruta, não é boa da cabeça. Só isso.

– Construímos uma casa no Campo do Cigano – falou Ellie. – Fizemos o que ela disse para não fazer. – Bateu com os pés no chão. – Não deixarei que nos afugentem daqui. Não deixarei *ninguém* nos afugentar!

– Ninguém nos afugentará – disse eu. – Seremos felizes aqui.

Dissemos isso como que desafiando o destino.

Capítulo 14

Foi assim que começou nossa vida no Campo do Cigano. Não encontramos outro nome para a casa. Aquela primeira noite fixou o Campo do Cigano na nossa cabeça.

– Vamos chamar de Campo do Cigano – disse Ellie –, só para contrariar! Uma espécie de desafio, não acha? É o *nosso* campo. Que se dane o aviso da cigana!

No dia seguinte, ela já havia recuperado a antiga alegria e logo nos pusemos a arrumar a casa. Depois saímos para conhecer a vizinhança e nossos vizinhos. Descemos ao chalé em que morava a cigana. Seria bom se a encontrássemos cuidando do jardim, pensei. A única vez em que Ellie a tinha visto foi quando nos leu a sorte. Queria que Ellie visse que ela não passava de uma velha como todas as outras, colhendo batatas, mas não a encontramos. O chalé estava fechado. Perguntei se havia falecido, mas a vizinha fez que não com a cabeça.

– Deve ter ido embora – disse. – Costuma desaparecer de vez em quando. É uma verdadeira cigana. Por isso, não consegue ficar presa numa casa. Perambula por aí e depois volta. – Apontou para a cabeça. – Não bate muito bem da cachola.

Em seguida perguntou, tentando disfarçar a curiosidade:

– Vocês vêm da nova casa lá de cima, aquela que acaba de ser construída no alto da montanha, não?

– Isso – respondi. – Nos mudamos ontem à noite.

– É uma casa lindíssima – comentou. – Todos nós fomos vê-la durante a construção. Faz diferença ver uma casa daquelas num lugar onde só existiam árvores sombrias, não faz? – Perguntou timidamente para Ellie: – Pelo que disseram, a senhora é americana, não é?

– Sim – respondeu Ellie. – Sou americana... ou era. Agora estou casada com um inglês, então sou cidadã inglesa.

– E vieram para morar aqui definitivamente, não?

Respondemos que sim.

– Bem, imagino que vão gostar – disse sem convicção.

– Por que não gostaríamos?

– É que o lugar é meio isolado. Nem todo mundo gosta de morar num local solitário, cercado de árvores.

– O Campo do Cigano – falou Ellie.

– Ah, sabe o nome do lugar? Mas a casa de antes se chamava As Torres, não sei por quê. Não havia torre nenhuma, pelo menos não na minha época.

– Acho As Torres um nome bobo – disse Ellie. – Creio que continuaremos a chamá-la de Campo do Cigano.

– Precisamos avisar a agência dos correios – lembrei –, ou não receberemos nenhuma carta.

– É verdade.

– Se bem que, pensando melhor – comentei –, não seria bom, Ellie, *não* receber nenhuma carta?

– Isso poderia acarretar uma série de complicações – disse Ellie. – Por exemplo, não receberíamos nossas contas.

– Seria maravilhoso! – exclamei.

– Não seria, não – contestou Ellie. – Viriam os bailios e acampariam por lá. De qualquer forma – disse –, não gostaria de não receber cartas. Quero ter notícias de Greta.

– Que Greta que nada! – falei. – Vamos continuar explorando o local.

E, assim, percorremos Kingston Bishop. Era um povoado agradável, com pessoas amáveis nas lojas. Não havia nada de sinistro ali. Nossos empregados domésticos não gostavam muito, mas logo alugamos carros para levá-los à cidade litorânea mais próxima ou a Market Chadwell nos dias de folga. Sentiam-se pouco entusiasmados com a localização da casa, mas não pela superstição. Comentei com Ellie que ninguém poderia dizer que a casa era amaldiçoada, porque acabava de ser construída.

– É verdade – concordou Ellie. – A questão não é a casa. Não há nada de errado com ela. O problema é o lado de fora. É a estrada cheia de curvas por entre as árvores e aquela parte escura da floresta, onde levei um susto com aquela mulher outro dia.

– Pois bem, no próximo ano – eu disse – cortamos as árvores e plantamos um monte de azaleias ou algo assim.

Ficamos fazendo planos.

Greta veio passar o fim de semana conosco. Mostrou-se entusiasmada com a casa e felicitou-nos pelos móveis, quadros e combinação de cores. Tinha muito tato. Terminado o fim de semana, disse que não perturbaria mais nossa lua de mel e que, de qualquer modo, precisava voltar para o trabalho.

Ellie ficou feliz de mostrar a casa. Pude ver como ela gostava do lugar. Tentei me comportar com sensatez e educação, mas foi um prazer quando Greta voltou para Londres. Não aguentava muito sua presença.

Duas semanas depois, já éramos aceitos localmente e travamos contato com "Deus", que veio nos visitar uma tarde. Ellie e eu estávamos discutindo sobre onde colocar flores quando nosso criado, correto, porém não muito sincero, a meu ver, apareceu anunciando que o major Phillpot encontrava-se na sala de estar. Foi nesse momento que sussurrei para Ellie:

– Deus!

Ellie perguntou-me o que eu queria dizer com aquilo.

– Bem, o pessoal daqui o considera assim.

Entramos e lá estava o major Phillpot. Era apenas um homem simpático, indefinível, perto dos sessenta. Vestia roupa country bastante surrada, tinha cabelos grisalhos, mais ralos em cima, e um pequeno bigode eriçado. Desculpou-se por não trazer a esposa para nos visitar. Era uma espécie de inválida, explicou. Sentou-se e conversamos. Não disse nada de extraordinário ou especialmente interessante. Sabia deixar as pessoas à vontade. Falou, por alto, sobre vários assuntos. Não fez nenhuma pergunta direta, mas logo percebeu o que nos interessava. Comigo, falou de corridas, e com Ellie, de jardinagem e plantas adequadas àquele tipo de solo. Estivera nos Estados Unidos uma ou duas vezes. Descobriu que, embora Ellie não se interessasse muito por corrida de cavalos, gostava de montar. Disse-lhe que, se tivesse um cavalo, poderia subir por uma determinada trilha no meio dos pinheiros e chegar a um trecho de terreno pantanoso, onde conseguiria dar um bom galope. Chegamos, então, ao assunto de nossa casa e às histórias sobre o Campo do Cigano.

– Vejo que conhecem o nome local – disse ele – e imagino que todas as superstições sobre o lugar também.

– Uma profusão de advertências de ciganos – falei. – Em demasia. Principalmente por parte da velha sra. Lee.

– Meu Deus! – exclamou Phillpot. – Coitada da velha Esther. Ela os tem importunado?

– É meio biruta? – perguntei.

– Não tanto quanto quer parecer. Sinto-me, de certa forma, responsável por ela. Dei a ela aquele chalé para morar – contou – e não acho que seja muito grata. Gosto da velha, embora se torne inoportuna às vezes.

– Lendo a sorte?

– Não, isso é o de menos. Por quê? Ela leu a sorte de vocês?

– Não sei se podemos chamar de sorte – disse Ellie. – Foi mais um aviso contra nossa vinda para cá.

– Muito estranho. – As sobrancelhas grossas do major Phillpot ergueram-se. – Ela normalmente só fala coisas boas quando lê a sorte: um belo desconhecido, sinais de casamento próximo, seis filhos, muita sorte e dinheiro, linda moça. – Imitava inesperadamente a voz lamurienta da cigana. – Quando eu era criança, os ciganos acampavam muito aqui – contou. – Acabei gostando deles, apesar de serem um bando de ladrões, claro. Mas sempre me atraíram. Contanto que não se espere deles o cumprimento da lei, está tudo bem. Comi muito ensopado cigano nos meus tempos de escola. Sentíamos que a família devia alguma coisa à sra. Lee, pois ela salvou a vida de um de meus irmãos quando criança, tirando-o de um lago em que caíra ao atravessar o gelo.

Num gesto estabanado, derrubei um cinzeiro de vidro de cima da mesa, que ficou reduzido a estilhaços.

Catei os cacos de vidro, com a ajuda do major Phillpot.

– Na verdade, considero a sra. Lee inofensiva – disse Ellie. – Bobagem minha ter ficado tão assustada.

– Assustada? – As sobrancelhas arquearam-se de novo. – Foi tão ruim assim?

– Não me admira que tenha ficado com medo – comentei. – Foi mais uma ameaça do que um aviso.

– Uma ameaça! – exclamou, incrédulo.

– Bem, foi o que me pareceu. Depois, na mesma noite em que nos mudamos para cá, aconteceu outra coisa.

Contei-lhe sobre a pedra que jogaram na janela.

– Sei que existem muitos jovens vândalos hoje em dia – disse o major –, embora não tenhamos tantos por aqui, como em outros lugares. E, no entanto, essas coisas ainda acontecem, infelizmente. – Olhou para Ellie. – Sinto muito que tenha ficado assustada. Lamentável acontecer isso em sua primeira noite aqui.

– Já superei – disse Ellie. – Mas não foi só isso. Aconteceu outra coisa pouco tempo depois.

Contei a ele sobre o ocorrido. Saíamos um dia de manhã e encontramos um pássaro morto espetado por uma faca com um pequeno bilhete escrito em garranchos: "Saiam daqui se sabem o que é bom para vocês".

Phillpot ficou furioso.

– Vocês deveriam ter avisado a polícia – disse.

– Não quisemos – expliquei – porque isso colocaria a pessoa mais ainda contra nós.

– Mas precisamos dar um fim a esse tipo de coisa – disse Phillpot. De repente, começou a falar como magistrado. – Caso contrário, continuará acontecendo. Podem achar engraçado, mas isso parece ser mais do que brincadeira. É maldade mesmo, malícia... – disse, como se falasse consigo mesmo. – Ninguém daqui deve ter nada contra qualquer um de vocês pessoalmente.

– Não – concordei –, não pode ser isso, porque ninguém nos conhece aqui.

– Vou investigar – disse Phillpot.

Levantou-se, olhando em volta.

– Sabe – disse –, gosto da casa de vocês. Não achei que fosse gostar. Sou meio antiquado, um velho conservador, como se costumava dizer. Gosto de casas e construções antigas. Não aprecio essas fábricas de caixas de fósforos que estão construindo por todo o país. Grandes caixas. Como cortiços. Gosto de construções com algum ornamento, alguma graça. Mas gostei desta casa. É simples e muito moderna, concordo, mas tem forma e luz. E quando olhamos para fora, vemos as coisas de maneira diferente da que víamos antes. Interessante. Muito interessante. Quem a projetou? Um arquiteto inglês ou estrangeiro?

Falei-lhe de Santonix.

– Hmm – fez –, acho que li sobre ele em algum lugar. Terá sido na *Casas e Jardins*?

Contei que Santonix era bastante conhecido.

– Gostaria de conhecê-lo algum dia, mas acho que não saberia o que dizer. Não tenho visão artística.

Pediu-nos, então, que marcássemos um dia para almoçarmos com ele e a mulher.

– Vocês conhecerão minha casa – disse.

– Uma casa antiga, imagino – falei.

– Construída em 1720. Bela época. A casa original era elisabetana. Incendiou-se por volta de 1700, e construíram outra no mesmo local.

– Então sempre moraram aqui? – perguntei. Falei no plural.

– Sim. Moramos aqui desde os tempos elisabetanos. Às vezes com dinheiro, outras vezes sem dinheiro, vendendo terras na época de vacas magras e comprando-as de volta quando as coisas melhoravam. Será um prazer mostrá-la a vocês – e acrescentou, olhando para Ellie com um sorriso: – Os americanos gostam de casas antigas, eu sei. *Você* é que talvez não goste muito – disse para mim.

– Admito que não entendo muito de antiguidades – confessei.

Depois, ele foi embora. No carro, esperava-o um cão spaniel. Era um velho carro amassado, com a pintura arranhada, mas, àquela altura, eu já começava a entender as coisas. Sabia que naquela parte do mundo ele ainda era um deus e havia posto em nós o selo de sua aprovação. Pude perceber isso. Gostou de Ellie. Estava inclinado a achar que também gostava de mim, embora tenha notado os olhares de observação que me lançava de vez em quando, como se me julgasse por algo que jamais havia visto.

Ellie colocava cuidadosamente os cacos de vidro na lata de lixo quando voltei à sala de estar.

– Pena que tenha quebrado – disse ela, com certa tristeza. – Gostava desse cinzeiro.

– Podemos comprar outro igual – falei. – É moderno.

– Eu sei! Por que você está assim, Mike, com essa cara de assustado?

Pensei por um momento.

– Por uma coisa que Phillpot disse. Lembrou-me um acidente que aconteceu na minha infância. Eu e um amigo decidimos matar aula e fomos patinar num lago da região. A camada de gelo não aguentou nosso peso, claro, e ele se afogou, antes que alguém conseguisse salvá-lo.

– Que horror!

– Sim. Já tinha me esquecido disso, até Phillpot contar do irmão.

– Gostei dele. E você, Mike?

– Muito. Como será a esposa?

Fomos almoçar com os Phillpot no início da semana seguinte. Eles moravam numa bela casa georgiana, bonita no estilo, mas sem nada de mais. Estava meio dilapidada por dentro, mas era confortável. Nas paredes da comprida sala de jantar, havia retratos, que julguei serem de antepassados. Não eram bons, em sua maioria, mas poderiam ter melhor aparência se estivessem limpos. Agradou-me o de uma menina de cabelos louros, vestida de cetim rosa. O major Phillpot sorriu e disse:

– Escolheu um dos melhores. É um Gainsborough, e dos bons, embora tenha causado certos transtornos na época por causa da modelo. Existiam fortes suspeitas de que havia matado o marido. Talvez fosse preconceito, pelo fato de ela ser estrangeira. Gervase Phillpot encontrou-a em algum lugar fora do país.

Alguns outros vizinhos foram convidados para nos conhecer. O dr. Shaw, um senhor de idade, de aspecto bondoso, porém cansado. Teve de sair correndo antes que terminássemos a refeição. Estavam presentes também o vigário, jovem e sério, uma senhora de meia-idade, de voz intimidante, que criava cães da raça corgi, e também uma morena alta, chamada Claudia Hardcastle, que parecia viver para os cavalos, apesar de uma alergia que se manifestava como rinite alérgica.

Ela e Ellie deram-se muito bem. Ellie adorava montar e também tinha alergia.

– Nos Estados Unidos, o que mais me dá alergia é aquela planta, tasneira – contou –, mas os cavalos também, às vezes. Não sofro tanto hoje em dia porque existem remédios maravilhosos para os diversos tipos de alergia. Vou lhe dar algumas cápsulas. São alaranjadas. Se não se esquecer de tomar antes de montar, não dará um espirro sequer.

Claudia Hardcastle achou incrível e aceitou de bom grado.

– Tenho mais alergia a camelos do que a cavalos – disse. – Estive no Egito no ano passado, e não consegui parar de lacrimejar em volta das pirâmides.

Ellie lembrou que algumas pessoas são alérgicas a gatos.

– E travesseiros.

Continuaram assim, falando de alergias.

Sentei-me ao lado da sra. Phillpot, esguia e graciosa, e conversamos apenas sobre sua doença, entre uma garfada e outra do farto jantar. Fez uma descrição completa de seus padecimentos e contou como seu caso intrigava iminentes membros da profissão médica. A modo de digressão social, perguntou-me o que *fazia*. Consegui desconversar, mas ela insistiu, meio indiferente, em descobrir quem eu *conhecia*. Poderia ter respondido sinceramente "ninguém", mas achei melhor me segurar, sobretudo porque ela não era esnobe e pouco lhe interessava a resposta. A sra. Corgi, cujo nome eu não havia entendido, era muito mais contundente nas perguntas, mas fui capaz de desviar o assunto para a questão da iniquidade e ignorância dos veterinários! Foi tudo muito agradável e tranquilo, embora meio entediante.

Mais tarde, numa volta descompromissada pelo jardim, Claudia Hardcastle aproximou-se de mim e disse, de maneira abrupta:

– Já ouvi falar de você pelo meu irmão.

Fiquei surpreso. Não consegui imaginar que conhecesse um irmão de Claudia Hardcastle.

– Tem certeza? – perguntei.

Ela parecia se divertir com aquilo.

– Aliás, foi ele quem construiu sua casa.

– Quer dizer que você é irmã de *Santonix*?

– Meia-irmã. Não o conheço direito. Raramente nos encontramos.

– Ele é maravilhoso – falei.

– É o que dizem.

– Não acha?

– Vai saber. Tem dois lados. Numa época, parecia descer ladeira abaixo... Ninguém queria saber dele. Depois, ressurgiu mudado. Começou a prosperar na profissão de maneira extraordinária. Era como se estivesse... – fez uma pausa em busca da palavra certa – mais dedicado.

– Acho que é exatamente isso o que ele é.

Perguntei-lhe, então, se já havia visto nossa casa.

– Não, não depois de terminada.

Disse que deveria ir vê-la.

– Já sei que não vou gostar, aviso logo. Não gosto de casas modernas. O meu período favorito é o da rainha Anne.

Falou que iria indicar Ellie no clube de golfe, e elas andariam a cavalo juntas. Ellie queria comprar um cavalo, talvez mais de um. As duas pareciam ter ficado amigas.

Ao me mostrar suas cocheiras, Phillpot contou-me algumas coisas a respeito de Claudia.

– Caça bem a cavalo – disse. – Pena que tenha arruinado a vida.

– Como assim?

– Casou-se com um homem rico, mais velho e americano. Lloyd. Não deu certo, e separaram-se logo depois. Claudia voltou a usar o nome de solteira. Não acho que se casará de novo. Ficou contra os homens. Uma pena.

Quando voltávamos para casa, Ellie disse:

– Monótonos, mas simpáticos. Boa gente. Seremos muito felizes aqui, não, Mike?

Respondi:

– Claro. – E, tirando a mão do volante, pousei-a sobre as suas.

Chegamos, deixei Ellie em casa e fui colocar o carro na garagem.

Ao voltar, ouvi o leve tanger do violão de Ellie. Ela tinha um lindo violão espanhol que devia valer uma fortuna. Costumava cantar numa voz baixa e suave, muito agradável de se ouvir. Eu não conhecia a maior parte das músicas. Algumas deviam ser cantos religiosos de negros americanos, outras, velhas baladas irlandesas e escocesas, doces e tristes. Não eram música pop ou coisa parecida. Talvez fossem canções folclóricas.

Dei a volta no terraço e parei na janela antes de entrar.

Ellie estava cantando uma das minhas músicas favoritas. Não sei como se chamava. Cantarolava as palavras para si mesma, inclinando a cabeça sobre o violão e dedilhando delicadamente as cordas. Era uma canção triste e pungente.

O homem foi feito para a alegria e a desgraça
E quando disso tem consciência
Pelo mundo caminha em segurança...

Toda noite e todo amanhecer
Alguns nascem para sofrer.
Toda manhã e todo anoitecer
Alguns nascem para o doce prazer,
Alguns nascem para o doce prazer, sim.
Alguns nascem para uma noite sem fim...

Levantou a cabeça e me viu.

– Por que você está me olhando desse jeito, Mike?

– Desse jeito como?

– Como se me amasse...

– É claro que a amo. De que outro jeito deveria olhar para você?

– Mas em que estava pensando?

Respondi com sinceridade e calma:

– Estava pensando em você da maneira em que a vi pela primeira vez, ao lado de um pinheiro. – Sim, lembrava-me da primeira vez em que vi Ellie, a surpresa do momento e a emoção...

Ellie sorriu e cantou suavemente:

Toda manhã e todo anoitecer
Alguns nascem para o doce prazer,
Alguns nascem para o doce prazer, sim.
Alguns nascem para uma noite sem fim.

Ninguém reconhece na própria vida os momentos realmente importantes, a não ser quando já é tarde demais.

Aquele dia em que almoçamos com os Phillpot e voltamos tão felizes para nossa casinha foi um desses momentos. Mas eu não sabia. Só me dei conta depois.

Pedi:

– Cante aquela música da mosca.

Ela passou a cantar uma cantiga de roda bem alegre:

Pequena mosca
Tua brincadeira de verão
Minha estouvada mão
Acaba de varrer

Não sou também
Mosca como tu?
Ou não és tu
Homem como eu?

Pois eu danço
E bebo, e canto
Até que cegas mãos
Cortem-me as asas.

Se o pensamento é vida
E força e respiração
E a falta
de pensamento é morte;

Então sou eu
Mosca feliz
Quer viva
Quer morra.

Oh, Ellie, Ellie...

Capítulo 15

É espantoso como neste mundo as coisas não acontecem da forma que se espera que aconteçam!

Mudamos para nossa casa e nos afastamos de todo mundo, exatamente como desejado e planejado. Mas a verdade é que não nos afastamos de todo mundo. A família de Ellie conseguia fazer-se presente de alguma forma.

Para começar, a madrasta detestável. Mandava cartas e telegramas pedindo que Ellie procurasse corretores de imóveis. Havia ficado tão fascinada com a nossa casa que decidira ter uma na Inglaterra. Dizia que adoraria passar, todos os anos, uns dois meses na Inglaterra. Pouco depois do último telegrama, ela chegou e teve que ser acompanhada pelas redondezas, para avaliar as opções. No fim, acabou escolhendo uma casa, a cerca de vinte quilômetros da nossa. Não a queríamos ali, detestamos a ideia, mas não podíamos dizer isso a ela. Aliás, mesmo que *tivéssemos* dito, ela não teria voltado atrás contra sua vontade. Não podíamos lhe ordenar que *não* viesse. Era a última coisa que Ellie queria. Eu sabia. No entanto, enquanto aguardava o relatório do agrimensor, chegaram alguns telegramas.

O tio Frank, pelo visto, tinha se envolvido em alguma enrascada, uma fraude, da qual só poderia sair com o dispêndio de uma grande quantia de dinheiro. O sr. Lippincott e Ellie trocaram mais telegramas, e então descobriu-se que havia uma disputa entre o sr. Stanford Lloyd e Lippincott a respeito de uns investimentos de Ellie. Em minha ignorância e credulidade, pensava que quem morava nos Estados Unidos estava muito distante.

Nunca me dei conta de que os parentes de Ellie e seus parceiros de negócios podiam pegar um avião para a Inglaterra e voltar 24 horas depois, brincando. Primeiro foi Stanford Lloyd. Depois, Andrew Lippincott.

Ellie teve que ir a Londres encontrá-los. Eu não entendia nada desses assuntos financeiros. Todos eram muito cautelosos ao falar, mas eu sabia que se tratava de alguma coisa relacionada com a entrega dos fundos fiduciários de Ellie. Parece que o sr. Lippincott estava protelando o caso, ou Stanford Lloyd atrasava a prestação de contas.

Num momento de calmaria em meio a essas preocupações, Ellie e eu descobrimos o nosso Esconderijo. Ainda não havíamos explorado toda a propriedade (só a parte em volta da casa). Costumávamos seguir trilhas pelo meio da floresta e ver onde iam dar. Um dia, seguimos um caminho tão fechado que nem parecia uma trilha. Mas conseguimos desbastar o mato e acabamos chegando a um lugar que Ellie chamou de Esconderijo, uma espécie de pequeno templo branco, ridículo. Estava até bem conservado, e por isso resolvemos limpá-lo, pintá-lo, mobiliá-lo com uma mesa, algumas cadeiras, um sofá e um armário de canto, onde guardamos xícaras de porcelana, copos e garrafas. Foi divertido. Ellie queria que marcássemos bem a trilha para facilitar a subida, mas me opus, alegando que seria melhor que ninguém soubesse da existência daquele lugar, exceto nós. Ellie achou a ideia romântica.

– Obviamente, não diremos nada a Cora – comentei, e Ellie concordou.

Foi ao descermos de lá, não da primeira vez e sim mais tarde, depois da partida de Cora, quando esperávamos ficar em paz de novo, que Ellie, seguindo na frente sozinha, de repente tropeçou na raiz de uma árvore e torceu o tornozelo.

O dr. Shaw foi chamado e diagnosticou grave distensão, afirmando, porém, que devia melhorar em uma semana. Ellie mandou buscar Greta. Não pude dizer nada. Não havia ninguém para cuidá-la de modo apropriado – nenhuma mulher, digo. Nossos criados eram imprestáveis, e, de qualquer maneira, Ellie queria Greta. Então Greta veio.

Chegou e foi, é claro, uma grande bênção para Ellie e para mim, na medida do possível. Organizava as coisas e mantinha a casa funcionando direitinho. Os criados pediram demissão. Disseram que o lugar era muito isolado, mas creio que, na realidade, Cora os incomodara. Greta colocou um anúncio e arranjou um casal quase que imediatamente. Cuidou do tornozelo de Ellie, distraiu-a, arrumou coisas que sabia serem de seu gosto, como livros e frutas. Eu não sabia nada daquilo. Pareciam muito felizes as duas juntas. Ellie sem dúvida estava muito satisfeita de rever Greta. E, de uma forma ou de outra, Greta simplesmente não foi embora... Foi ficando. Ellie me disse:

– Você não se importa de Greta ficar um pouco mais, se importa?

Respondi:

– Não, claro que não.

– É tão bom tê-la por perto – observou Ellie. – Há um monte de coisas *femininas* que podemos fazer juntas. Uma mulher se sente muito sozinha sem outra a seu lado.

Com o passar dos dias, percebi que Greta assumia cada vez mais responsabilidades, dando ordens, controlando as coisas. Eu fingia que gostava de sua presença, mas um dia, quando Ellie estava deitada de pés para cima na sala de estar, Greta e eu, no terraço, começamos a discutir de repente. Não me lembro exatamente das palavras que provocaram a discussão. Greta disse alguma coisa que me desagradou, e eu respondi de volta. Então começou o bate-boca. Nossas vozes se elevaram. Ela me atacou dizendo as coisas mais cruéis e ofensivas que lhe vinham à cabeça, e eu retribuí à altura. Chamei-a de mandona e intrometida, disse-lhe que sua influência sobre Ellie havia ido longe demais e que eu não permitiria que Ellie seguisse suas ordens o tempo todo. Estávamos aos berros, quando Ellie apareceu, mancando, no terraço. Olhou para nós dois.

– Sinto muito, querida. Sinto muito mesmo – falei.

Voltei para dentro e acomodei Ellie novamente no sofá. Ela disse:

– Não tinha percebido que você odiava tanto a presença de Greta aqui.

Tranquilizei-a e pedi que não reparasse, que tinha perdido a cabeça, que às vezes era muito estourado. Contei que toda a questão era que achava Greta um tanto mandona. Talvez fosse natural, pois estava acostumada. Terminei afirmando que, na verdade, gostava de Greta, que tinha apenas me exaltado, porque estava nervoso e preocupado. No final, quase implorei para que ela ficasse.

Foi uma verdadeira cena. Creio que muitas outras pessoas da casa também ouviram. Nosso novo criado e a esposa, certamente. Quando fico irritado, grito mesmo. Admito que me excedi um pouco. Sou assim.

Greta insistia em se preocupar com a saúde de Ellie, dizendo o que fazer e o que não fazer.

– Ela não é muito forte – disse para mim.

– Não há nada de errado com Ellie – falei. – Ela está sempre bem.

– É aí que você se engana, Mike. Ela é frágil.

Quando o dr. Shaw voltou para examinar o tornozelo de Ellie, ele disse que ela já estava totalmente recuperada. Apenas recomendou o uso de uma atadura se fosse andar por um terreno acidentado. Fiz-lhe então uma pergunta tola, típica de homem:

– Ela é frágil, dr. Shaw?

– Quem disse isso? – O dr. Shaw era um desses raros clínicos de hoje em dia, conhecido na região como "Shaw, o Naturalista".

– Não há nada de errado com ela, até onde vejo – declarou. – Todo mundo pode torcer o tornozelo.

– Não estou falando do tornozelo. Estava pensando em coração fraco, essas coisas.

Olhou para mim por cima dos óculos.

– Não comece a imaginar coisas, meu jovem. Quem colocou isso na sua cabeça? Você não me parece do tipo que se preocupa com doenças de mulheres.

– Foi pelo que a srta. Andersen disse.

– Ah, a srta. Andersen. O que ela sabe a respeito? Ela é médica?

– Não – respondi.

– Sua esposa é muito rica – disse ele. – É o que dizem por aqui. É verdade que algumas pessoas acham todos os americanos ricos.

– Ela é rica, sim – concordei.

– Pois bem, lembre-se disto. As mulheres ricas levam desvantagem em muitos aspectos. O que não falta são médicos a prescrever-lhes pós, pílulas, estimulantes ou tranquilizantes, coisas que, em geral, poderiam perfeitamente ser dispensadas. As mulheres do campo são mais saudáveis porque ninguém se preocupa com a saúde delas da mesma forma.

– Ela toma algumas cápsulas ou algo do gênero – contei.

– Posso fazer um exame geral, se quiser. É bom ver que porcaria anda tomando. Já falei para muita gente: "Pode jogar tudo no lixo".

Falou com Greta antes de sair. Disse:

– O sr. Rogers me pediu que fizesse um exame geral na sra. Rogers. Não encontrei nada de errado com ela. Seria bom que fizesse mais exercícios ao ar livre. Que remédios ela toma?

– Toma uns comprimidos quando se sente cansada e outros, às vezes, para dormir.

Ela e o dr. Shaw foram ver as receitas de Ellie. Ellie sorria.

– Não tomo tudo isso, dr. Shaw – informou ela. – Só os antialérgicos.

Shaw olhou para as cápsulas, leu a bula e disse que não faziam mal. Passou à questão das pílulas para dormir.

– Tem dificuldade para dormir?

– Aqui no campo, não. Desde que chegamos, acho que não tomei uma pílula sequer.

– Isso é ótimo. – Bateu-lhe nas costas. – Não há nada de errado com a sua saúde, minha cara. Preocupa-se demais, só isso. Essas cápsulas são bem fraquinhas. Muita gente toma hoje em dia, sem maiores complicações. Pode continuar tomando, mas largue as pílulas para dormir.

– Não sei por que me preocupei – disse a Ellie em tom de desculpa. – Acho que foi pelo que Greta disse.

– Ah – fez Ellie, rindo. – Greta fica preocupada em relação a mim, mas ela própria não toma nenhum remédio. – E prosseguiu: – Faremos uma limpa, Mike, e jogaremos fora a maior parte dessas drogas.

A essa altura, Ellie já havia se enturmado com a maioria dos nossos vizinhos. Claudia Hardcastle aparecia muito e andava a cavalo com ela de vez em quando. Eu não montava. Lidara com carros e aparatos mecânicos a vida toda. Não sabia nada sobre cavalos, embora já tivesse limpado estrebarias na Irlanda por uma ou duas semanas certa vez. Mesmo assim, decidi que algum dia iria a uma cavalariça aprender a montar quando estivéssemos em Londres. Não queria aprender ali. As pessoas ririam de mim, possivelmente. Montar a cavalo fazia bem a Ellie, que parecia se divertir.

Greta incentivava-a, embora não soubesse nada de cavalos.

Ellie e Claudia foram juntas a um leilão e, seguindo o conselho de Claudia, Ellie comprou um cavalo, que chamou de Conquistador. Recomendei que tomasse cuidado quando fosse montar sozinha, mas Ellie riu de mim.

– Ando a cavalo desde os três anos de idade – disse.

E assim ela montava duas ou três vezes por semana. Greta pegava o carro e ia fazer compras em Market Chadwell.

Um dia, durante o almoço, Greta exclamou:

– Você e suas ciganas! Vi uma velha horrível hoje de manhã, parada no meio da rua. Poderia tê-la atropelado. Ficou estática na frente do carro. Tive que parar. Ia subindo o morro também.

– Nossa! O que ela queria?

Ellie ouvia nossa conversa, sem dizer nada. Parecia-me, contudo, bastante preocupada.

– Ela me ameaçou, a atrevida – contou Greta.

– Ameaçou você? – perguntei exaltado.

– Me disse para sair daqui. Falou: "Esta terra é dos ciganos. Vá embora. Vão embora todos vocês. Voltem para o lugar de onde vieram, se quiserem escapar ilesos". E depois, com o dedo na minha cara, disse: "Se eu amaldiçoá-la, você nunca mais terá sorte na vida. Comprar nossa terra e construir casas aqui... Não queremos casas onde deveria haver tendas!"

Greta contou muito mais. Ellie me falou depois, franzindo um pouco a testa:

– Essa história toda parece bastante improvável, não acha, Mike?

– Acho que Greta exagerou um pouco – respondi.

– Não parece verdade, de qualquer maneira – disse Ellie. – Será que Greta inventou alguma coisa?

Ponderei.

– Por que inventaria? – Emendei com uma pergunta brusca: – Você não viu essa Esther nos últimos dias, viu? Quando andava a cavalo?

– A cigana? Não.

– Tem certeza, Ellie? – insisti.

– Acho que a vi de relance – respondeu. – Por entre as árvores, à espreita, mas não perto o suficiente para ter certeza.

Um dia, porém, Ellie voltou de um passeio a cavalo lívida e trêmula. A velha surgira do meio das árvores. Ellie puxou as rédeas e parou para falar com ela. Disse que a velha colocou o dedo em sua cara, resmungando.

– Fiquei furiosa dessa vez e falei: "O que está fazendo aqui? Esta terra não lhe pertence. A terra e a casa são nossas!"

A velha, então, respondeu:

– Esta terra nunca será sua, jamais lhe pertencerá. Já avisei uma, duas vezes. Não avisarei de novo. E não tardará muito, posso garantir. Vejo morte. Bem atrás do seu ombro esquerdo. A morte está ao seu encalço e a alcançará. Uma das patas do cavalo que está montando é branca. Não sabe que dá azar montar um cavalo com uma das patas brancas? É a morte que vejo, e a grande casa que construiu cairá em ruínas!

– Precisamos dar um basta nisso! – exclamei, furioso.

Ellie, dessa vez, não ficou indiferente. Tanto ela quanto Greta pareciam assustadas. Fui direto à aldeia. Dirigi-me primeiro ao chalé da sra. Lee. Hesitei por um momento, mas, como a luz estava apagada, fui à delegacia. Conhecia o comissário de serviço, Keene, um sujeito honesto e sensato. Depois de me ouvir, disse:

– Lamento que tenha tido esse aborrecimento. Ela é uma senhora de idade, deve estar se tornando um peso. Nunca nos deu muito trabalho até agora. Falarei com ela e pedirei que pare de importuná-los.

– Por favor – pedi.

Ele hesitou um minuto e então perguntou:

– Não quero insinuar nada, sr. Rogers, mas sabe se alguém na região, por algum motivo sem importância, tem alguma coisa contra o senhor ou sua esposa?

– Acho que não. Por quê?

– A velha sra. Lee está cheia de dinheiro ultimamente... e não sei de onde vem...

– O que está querendo dizer?

– Talvez esteja sendo paga por alguém... alguém que os queira longe daqui. Houve um caso parecido, há muitos anos. Ela recebeu dinheiro de alguém da aldeia para assustar um morador e expulsá-lo daqui. Usou os mesmos artifícios... ameaças, avisos, essa história de mau-olhado... As pessoas do campo são supersticiosas. O senhor se surpreenderia com o número de aldeias na Inglaterra que têm suas feiticeiras "particulares", por assim dizer. Ela foi advertida na época e, pelo que sei, parou desde então... mas poderia ser isso. Ela gosta de dinheiro... os ciganos são capazes de fazer muita coisa por dinheiro...

Não consegui aceitar a ideia. Comentei com Keene que éramos completamente desconhecidos no local.

– Não tivemos tempo ainda de fazer inimigos – observei.

Voltei a pé para casa, preocupado e perplexo. Ao me aproximar do terraço, ouvi o som suave do violão de Ellie, e um vulto alto, que se encontrava na janela olhando para dentro, deu meia-volta e veio em minha direção. Por um instante, achei que fosse um cigano, mas depois vi que era Santonix e relaxei.

– Ah – exclamei, com um ligeiro suspiro –, é você. De onde surgiu? Há tempos que não dá notícias.

Santonix não respondeu diretamente. Pegou-me pelo braço e me afastou da janela.

– Ela está aqui! – disse. – Não me surpreende. Sabia que viria mais cedo ou mais tarde. Por que deixou? Ela é perigosa. Você devia saber.

– Está falando de Ellie?

– Não, Ellie não. A outra! Como se chama mesmo? Greta?

Fiquei olhando para ele.

– Sabe como Greta é, ou não sabe? Ela veio, não? Tomou posse! Não conseguirá se livrar dela agora. Veio para *ficar*.

– Ellie torceu o tornozelo – contei. – Greta veio cuidar dela. Já deve estar indo embora, imagino.

– Você não entende. Ela sempre quis vir. Eu já sabia. Percebi qual era a sua intenção quando veio aqui, durante a construção da casa.

– Ellie precisa dela – resmunguei.

– É claro, está com ela há muito tempo, não? Greta sabe como lidar com Ellie.

O mesmo que Lippincott dissera. Podia ver com meus próprios olhos que era a pura verdade.

– Você a quer aqui, Mike?

– Não posso expulsá-la de casa – eu disse, irritado. – É amiga antiga de Ellie. A melhor amiga. O que é que eu posso fazer?

– Nada – respondeu Santonix – acho que não pode fazer nada, não é?

Olhou para mim de um modo muito estranho. Santonix era um sujeito esquisito. Nunca se sabia ao certo o que queria dizer.

– Você sabe onde está se metendo, Mike? – indagou. – Tem alguma ideia? Às vezes, me parece que não sabe nada.

– É claro que eu sei – contestei. – Estou fazendo o que quero. Estou indo na direção que sempre quis.

– Será? Tenho as minhas dúvidas. Será que sabe mesmo o que deseja? Temo por você, ao lado de Greta. Sabe que ela é mais forte, não sabe?

– Não sei de onde tirou isso. A questão não é força.

– Não? Pois para mim é. Ela é do tipo forte, que sempre consegue o que quer. Você não queria que Greta estivesse aqui. Foi o que me disse. Mas ela está, e eu as venho observando. Ela e Ellie, juntas, instaladas em casa, conversando. Quem é *você*, Mike? O intruso? Ou você não é um intruso?

– Você está louco. Diz cada coisa! Como assim *intruso*? Sou o marido de Ellie, não sou?

– Será que *você* é o marido de Ellie ou Ellie é *sua* esposa?

– Você enlouqueceu – falei. – Qual é a diferença?

Ele suspirou. De repente, curvou os ombros, como se tivesse perdido as forças.

– Não dá, você não me ouve. Não consigo fazê-lo entender. Às vezes, tenho a impressão de que me entende mas, de repente, vejo que não sabe nada a respeito de si mesmo e de ninguém.

– Olhe – falei –, confio muito em você, Santonix. Você é um excelente arquiteto, mas...

Seu rosto se transformou daquele jeito estranho.

– Sim – disse –, sou um bom arquiteto. Essa casa é a melhor coisa que já fiz. Estou quase totalmente satisfeito. Você queria uma casa assim, e Ellie também, para morar com você. Aí está. Vocês têm a casa. Mande aquela mulher embora, Mike, antes que seja tarde demais.

– Não quero contrariar Ellie.

– Aquela mulher levou-os para onde queria – disse Santonix.

– Escute, não gosto de Greta – admiti. – Ela me irrita muito. Outro dia, tivemos uma briga terrível. Mas não é tão simples como você pensa.

– Não será simples com ela.

– Quem quer que tenha chamado este lugar de Campo do Cigano e falado de maldição não estava de todo errado – falei, com raiva. – Caso contrário, não apareceriam ciganas do meio das árvores, metendo o dedo na nossa cara e dizendo que, se não sairmos daqui, estaremos fadados ao infortúnio. Logo este lugar, *que deveria ser tão bonito e agradável.*

Eram palavras estranhas para se dizer, essas últimas. Disse-as como se viessem de outra pessoa.

– É, deveria ser assim – concordou Santonix. – Deveria. Mas não há como, se existe uma maldição no lugar, não?

– Tenho certeza de que você não acredita em...

– Existem coisas estranhas em que acredito... Sei um pouco a respeito do mal. Não reparou que eu próprio sou, em parte, meio maligno? Sempre fui. É por isso que sei quando o mal está perto de mim, embora nem sempre saiba onde se encontra... *Quero livrar do mal a casa que construí.* Entende? – O tom de sua voz era ameaçador. – Entende? É importante para mim.

Depois, sua atitude mudou por completo.

– Bom – disse –, chega de absurdos. Vamos ver Ellie.

Entramos. Ellie cumprimentou Santonix com grande alegria.

Santonix comportou-se normalmente aquela noite. Sem dramatizar, sendo alegre e amável como costumava ser. Conversou mais com Greta, lançando sobre ela todo o seu encanto, que não era pouco. Qualquer um teria jurado que a estimava, que gostava dela, que queria agradá-la. Isso me fez sentir que Santonix era de fato um homem perigoso, que havia nele muito mais do que imaginávamos.

Greta sempre respondeu à admiração. Exibia-se em sua melhor forma. Sabia, dependendo da ocasião, diminuir ou valorizar a própria beleza. Naquela noite, estava mais linda do que nunca, sorrindo para Santonix, escutando o que dizia, como que enfeitiçada. Eu me perguntava o que Santonix estaria escondendo, mas não poderia saber. Era sempre um mistério com ele. Ellie expressou o desejo de que ficasse alguns dias, mas ele fez que não com a cabeça. Tinha que ir embora no dia seguinte, informou.

– Está construindo alguma coisa no momento? Anda muito ocupado?

Respondeu que não, que acabara de sair do hospital.

– Me remendaram de novo – disse –, mas provavelmente pela última vez.

– Remendaram você? O que fizeram?

– Drenaram o sangue ruim do meu corpo e colocaram sangue novo – contou.

– Oh. – Ellie estremeceu ligeiramente.

– Não se preocupe – tranquilizou Santonix. – Isso nunca lhe acontecerá.

– Mas por que aconteceu com você? – perguntou Ellie. – É cruel.

– Não há nada de cruel – disse Santonix. – Acabei de ouvir o que estava cantando.

O homem foi feito para a alegria e a desgraça
E quando disso tem consciência
Pelo mundo caminha em segurança...

– Caminho em segurança porque sei a razão de estar aqui. E quanto a você, Ellie:

Toda manhã e todo anoitecer
Alguns nascem para o doce prazer.

– É *você*.

– Quem me dera sentir segurança – falou Ellie.

– Não se sente segura?

– Não gosto de ser ameaçada – explicou Ellie. – Não gosto de ser amaldiçoada.

– Está falando daquela cigana?

– Sim.

– Esqueça essa história – disse Santonix. – Pelo menos esta noite. Vamos ser felizes. Ellie... à sua saúde... muitos anos de vida... um fim rápido e misericordioso para mim... e muita sorte para o Mike aqui... – Fez uma pausa, com o copo erguido em direção a Greta.

– Sim – disse Greta –, e a mim?

– E a você, o que lhe espera! Sucesso, talvez? – acrescentou, com uma pergunta em tom irônico.

Foi embora na manhã seguinte, bem cedo.

– Que homem estranho – comentou Ellie. – Nunca o entendi.

– Não entendo metade das coisas que diz – contei.

– Ele sabe muito – disse Ellie, de modo pensativo.

– A respeito do futuro?

– Não – respondeu Ellie –, eu não quis dizer isso. Ele conhece as pessoas. Já falei isso antes. Conhece as pessoas melhor do que elas mesmas. Às vezes, as odeia por causa disso; outras vezes, sente pena. Mas não sente pena de mim – falou, refletindo.

– Por que sentiria? – perguntei.

– Ah, porque sim... – respondeu Ellie.

Capítulo 16

Foi no dia seguinte à tarde, quando caminhava rapidamente pela parte mais escura da floresta, onde a sombra dos pinheiros parecia mais ameaçadora, que vi o vulto de uma mulher alta parada no meio do caminho. Desviei-me por impulso. Julguei que se tratasse de nossa cigana, mas recuei, sobressaltado, ao ver quem era: minha mãe. Lá estava ela, alta, carrancuda, de cabelos grisalhos.

– Meu Deus! – exclamei. – Me assustou, mãe. O que está fazendo aqui? Veio nos ver? Já a convidamos várias vezes, não?

Não era verdade. Convidei-a apenas uma vez, sem grande entusiasmo, e só. Falei de um jeito que ela não aceitaria. Não a queria por perto. Nunca quis.

– Tem razão – disse ela. – Finalmente vim visitá-los. Para ver se está tudo bem com vocês. Então, esta é a grande casa que construíram? É grande mesmo – disse, olhando por cima de meus ombros.

Pareceu-me detectar em sua voz o tom ácido de desaprovação que esperava encontrar.

– Grande demais para alguém como eu, não? – provoquei.

– Não falei isso, menino.

– Mas pensou.

– Você não nasceu para isso, e não adianta querer fugir de sua condição social.

– Ninguém chegaria a lugar nenhum se lhe desse ouvidos.

– Sim, sei o que você diz e pensa, mas nunca vi a ambição fazer bem para alguém. É exatamente o tipo de fruto que amarga na boca.

– Pelo amor de Deus, deixe de ser ranzinza – exclamei. – Vamos. Venha conhecer nossa grande casa e minha grande mulher. Duvido que não goste.

– Sua mulher? Já a conheço.

– Como assim já a conhece? – perguntei.

– Ela não lhe contou?

– O quê?

– Que ela veio me visitar.

– Ela foi visitá-la? – perguntei, pasmo.

– Sim. Um dia apareceu na minha porta e tocou a campainha. Parecia assustada. É uma moça bonita e meiga, apesar das roupas finas que vestia. Perguntou: "A senhora é a mãe de Mike, não?", e eu: "Sim. Quem é você?". Ela respondeu: "Sou a esposa dele. Precisava vir vê-la. Não me parecia direito não conhecer a mãe de meu marido...". Então eu disse: "Aposto que *ele* não queria isso". Ela hesitou, e eu continuei: "Não precisa dizer nada. Conheço meu filho e sei o que quer e o que não quer". Ela disse: "A senhora deve achar que ele se envergonha pelo fato de vocês serem pobres e eu, rica, mas não é nada disso. Ele não é assim. Não mesmo". E eu repeti: "Não precisa me dizer nada, moça. Conheço as fraquezas de meu filho. Esta não é uma delas. Ele não se envergonha de mim, nem de suas origens. Talvez tenha *medo* de mim. Isso sim. Conheço-o muito bem". Essa afirmação pareceu diverti-la. Ela disse: "Creio que qualquer mãe sente que conhece bem seu filho. E imagino que seja exatamente por isso que os filhos se sentem tão constrangidos!". Concordei em parte. Os jovens estão sempre representando algum papel perante o mundo. Lembro-me de minha infância na casa de uma tia. Na parede, em cima da cama, havia um enorme olho pendurado numa moldura dourada, com a seguinte frase: "Tu és Deus, que vê tudo". Causava-me calafrios na espinha toda vez que ia dormir.

– Ellie deveria ter me dito que tinha ido vê-la – comentei. – Não vejo por que não contou. Deveria ter contado.

Eu estava furioso. Não fazia a mínima ideia de que Ellie guardaria de mim segredos como aquele.

– Talvez tenha ficado um pouco receosa com o que fez, mas não havia motivo para ter medo de você, meu filho.

– Vamos – cortei –, venha conhecer nossa casa.

Não sei se ela gostou ou não da casa. Acho que não. Percorreu os cômodos erguendo as sobrancelhas e depois saiu ao terraço. Ellie e Greta estavam lá. Acabavam de chegar, e Greta tinha um manto de lã escarlate jogado nos ombros. Minha mãe olhou para as duas. Ficou ali por um tempo, como que presa ao chão. Ellie deu um salto da cadeira e veio até nós.

– Ah, é a sra. Rogers – disse e, virando-se para Greta, acrescentou: – Esta é a mãe de Mike, que veio conhecer nossa casa e nos visitar. Não é legal? Esta é minha amiga Greta Andersen.

Pegou com ambas as mãos a de minha mãe, que a encarou com ar severo e depois, por cima do ombro, a Greta.

– Sei – disse para si mesma –, sei.

– Sabe o quê? – perguntou Ellie.

– Eu me perguntava – disse minha mãe – como seria aqui. – Olhou em volta. – Sim, é uma bela casa. Lindas cortinas, lindas cadeiras e lindos quadros.

– Aceita um chá? – sugeriu Ellie.

– Não acabaram de tomar?

– Chá é uma coisa que nunca se acaba de tomar – disse Ellie, e depois a Greta: – Não chamarei os criados, Greta. Você poderia ir lá na cozinha e preparar um bule de chá fresco?

– Claro, querida – respondeu Greta e depois saiu, olhando de lado para minha mãe, numa expressão dura, quase assustada.

Minha mãe se sentou.

– Onde estão suas malas? – perguntou Ellie. – Ficará conosco? Espero que sim.

– Não, querida, não ficarei. Voltarei de trem daqui a meia hora. Só queria ver como estavam. – Depois acrescentou com bastante rapidez, provavelmente porque queria dizer antes que Greta voltasse: – Não precisa mais se preocupar, querida, que já contei a ele de sua visita.

– Perdão, Mike, não ter te contado – disse Ellie, com firmeza. – É que achei melhor.

– Foi por ter bom coração – disse minha mãe. – Você se casou com uma boa moça, Mike, além de bonita. Aliás, linda. – Depois, acrescentou, em voz baixa, quase inaudível: – Me desculpe.

– Desculpar o quê? – perguntou Ellie, ligeiramente intrigada.

– Por ter pensado o que pensei – explicou minha mãe, acrescentando com um leve constrangimento: – Bem, como se diz por aí, as mães são todas iguais, sempre implicando com as noras. Mas, quando a vi, senti que ele teve sorte. Pareceu-me bom demais para ser verdade, isso sim.

– Que absurdo – exclamei, sorrindo. – Sempre tive bom gosto.

– Bom gosto para coisas caras, você diz – falou minha mãe, reparando nas cortinas de brocado.

– Não sou realmente das piores em termos de coisas caras – disse Ellie, sorrindo.

– Faça-o economizar um pouco de vez em quando – pediu minha mãe. – Será bom para o caráter dele.

– Recuso-me a melhorar o caráter – protestei. – A vantagem de ter uma mulher é que ela acha perfeito tudo o que você faz. Não é, Ellie?

Ellie parecia feliz de novo. Disse, rindo:

– Está muito convencido, Mike! Mas que presunção!

Greta voltou com o bule de chá. Havíamos estado pouco à vontade e acabávamos de nos refazer. Por algum motivo, com a chegada de Greta, o constrangimento inicial se restabeleceu. Minha mãe resistiu a toda a insistência de Ellie para que ficasse, e Ellie acabou desistindo. Nós a acompanhamos pelo caminho sinuoso entre árvores até o portão.

– Como se chama este lugar? – perguntou minha mãe, abruptamente.

– Campo do Cigano – respondeu Ellie.

– Ah – fez minha mãe. – Há ciganos por aqui, não?

– Como sabia disso? – perguntei.

– Vi uma ao subir. Muito estranha.

– É inofensiva – comentei –, só meio ignorante.

– Por que diz que é meio ignorante? Olhou-me de modo esquisito quando me viu. Tem algum ressentimento contra vocês?

– Não creio que seja real – disse Ellie. – Acho que é tudo imaginação. Que a expulsamos de sua terra ou coisa parecida.

– Presumo que queira dinheiro – falou minha mãe. – Os ciganos são assim. Vêm com músicas e danças falando de como foram prejudicados de uma forma ou de outra, mas, assim que sentem o dinheiro nas mãos ávidas, param.

– Não gosta de ciganos – disse Ellie.

– Roubam muito. Não querem trabalhar e não tiram as mãos do que não lhes pertence.

– Que seja – falou Ellie. – Agora não nos preocupamos mais.

Minha mãe se despediu e perguntou:

– Quem é aquela mocinha que vive com vocês?

Ellie explicou que, antes do casamento, havia estado em companhia de Greta por três anos, e que, não fosse por ela, sua vida teria sido uma tristeza.

– Greta fez tudo para nos ajudar. É uma pessoa maravilhosa – contou Ellie. – Não sei como faria sem ela.

– Ela está morando com vocês ou só está de visita?

– Bem – disse Ellie, evitando a pergunta. – Ela está morando conosco no momento porque torci o tornozelo e precisava de alguém para me cuidar. Mas agora já estou bem de novo.

– É melhor para os recém-casados morar sozinhos – disse minha mãe.

Ficamos no portão vendo-a partir.

– Tem uma personalidade forte – disse Ellie, pensativa.

Eu estava chateado com Ellie, muito chateado mesmo, porque visitara minha mãe sem me contar. Mas quando ela se virou para mim, olhando-me com uma das sobrancelhas um tanto erguida e aquele sorriso tímido, satisfeito, de menina, não tive como não me enternecer.

– Que menina dissimulada você é – falei.

– Bem – disse Ellie –, tive que ser algumas vezes, sabe como é.

– É como a peça de Shakespeare que montamos na escola. – Citei, meio sem jeito: – "Ela enganou o pai e agora poderá enganar-te."

– Que papel você fez, o de Otelo?

– Não – respondi –, o do pai da moça. Por isso sei de cor esse trecho. Era praticamente a única fala que eu tinha.

– "Ela enganou o pai e agora poderá enganar-te" – repetiu Ellie, de maneira reflexiva. – Nunca enganei meu pai, até onde sei. Talvez, mais tarde, tivesse que enganá-lo.

– Acho que não teria aceitado de bom grado seu casamento comigo – eu disse –, não mais do que sua madrasta.

– Não – concordou Ellie. – Também acho. Era um sujeito muito conservador. – Nesse momento, lançou-me aquele sorriso brejeiro de menina mais uma vez. – Eu teria que ter feito como Desdêmona, enganando meu pai e fugindo com você.

– Por que você quis tanto conhecer minha mãe, Ellie? – perguntei, com curiosidade.

– Não é que eu quisesse tanto conhecê-la – explicou Ellie –, mas me sentiria muito mal se não fizesse alguma coisa nesse sentido. Você não falava muito de sua mãe, mas percebi que ela sempre fez tudo o que podia por você. Salvou-o de apertos e trabalhou muito para lhe dar melhor instrução e coisas desse tipo. E achei que seria arrogância da minha parte não me aproximar dela.

– Bem, a culpa não teria sido sua – falei –, e sim minha.

– É – concordou Ellie. – Entendo que talvez você não quisesse que eu a visitasse.

– Acha que tenho complexo de inferioridade em relação a minha mãe? Não tenho, Ellie. Garanto que não é isso.

– Não – disse Ellie, pensativa. – Agora eu sei: você não queria que ela fizesse aquelas coisas de mãe.

– Coisas de mãe? – perguntei.

– Bem, dá para ver que ela é daquelas pessoas que julgam saber exatamente o que os outros devem fazer. Digo, ela queria que você tivesse outro tipo de trabalho.

– Exato – concordei. – Trabalho fixo, para ter estabilidade.

– Agora não faria muita diferença – disse Ellie. – Atrevo-me a dizer que o conselho era ótimo, mas não para *você*, Mike. Você não quer se assentar, não quer estabilidade. Quer ver e fazer as coisas... conquistar o mundo.

– Quero ficar aqui nesta casa com você – falei.

– Por um tempo, talvez... E imagino que sempre vai querer voltar, assim como eu. Acho que devemos voltar aqui todo ano, e acredito que aqui seremos mais felizes do que em qualquer outro lugar. Mas você desejará conhecer outros lugares, viajar, ver e comprar coisas. Talvez se inspirar para fazer nosso jardim aqui. Podemos visitar jardins italianos, japoneses, ingleses etc.

– Com você a vida parece tão emocionante, Ellie – exclamei. – Desculpe por ter me zangado.

– Não me importo de que tenha se zangado – disse Ellie. – Não tenho medo de você. – E então acrescentou, franzindo a testa: – Sua mãe não gostou de Greta.

– Muita gente não gosta – comentei.

– Inclusive você.

– Ellie, você está sempre dizendo isso. Não é verdade. Só fiquei um pouco enciumado no começo. Agora nos damos bem. – E acrescentei: – Talvez ela coloque as pessoas na defensiva.

– O sr. Lippincott também não gosta dela, não é? Acha que exerce muita influência sobre mim – disse Ellie.

– E exerce?

– Não sei por que me pergunta isso. Sim, talvez exerça. E é mais do que natural. Ela tem uma personalidade forte, e eu precisava confiar em alguém. Precisava de alguém que tomasse meu partido.

– E visse você fazer as coisas de seu jeito? – perguntei, rindo.

Entramos em casa de braços dados. Por algum motivo, aquela tarde me pareceu escura. Talvez porque o sol não batesse mais no terraço, deixando atrás de si uma sensação de escuridão.

– O que houve, Mike? – perguntou Ellie.

– Não sei – respondi. – Senti um calafrio de repente.

Greta não estava. Os criados disseram que tinha ido passear.

Agora que minha mãe sabia tudo sobre meu casamento e conhecera Ellie, fiz o que já queria fazer há muito tempo. Enviei-lhe um bom cheque, aconselhei que se mudasse para uma casa melhor e comprasse móveis novos. Coisas desse tipo. Evidentemente, não sabia se iria aceitar, pois aquele dinheiro não era fruto do meu trabalho e eu não tinha como fingir que era. Como esperava, ela mandou o cheque de volta, rasgado ao meio e com um bilhete anexado: "Não quero nada disso. Você nunca mudará, agora eu sei. Que Deus o ajude". Joguei-o no chão, na frente de Ellie.

– Viu como a minha mãe é? Casei com uma menina rica, estou vivendo às suas custas, e a palmatória do mundo é contra!

– Não se preocupe – disse Ellie. – Muita gente pensa assim. Ela se acostumará. Sua mãe tem muito amor por você, Mike – acrescentou.

– Então por que fica querendo me modificar, me adaptar ao padrão *dela*? Sou o que sou. Não sigo o modelo de ninguém. Não sou o filhinho de mamãe que ela pode moldar como quiser. Tenho personalidade, sou adulto, sou *eu mesmo*!

– Você é o que é – repetiu Ellie –, e eu o amo.

Depois, talvez para me distrair, disse-me algo inquietante.

– O que acha – perguntou – desse nosso novo criado?

Não havia pensado a respeito. Por que haveria de pensar? Na verdade, preferia esse ao anterior, que não tinha o menor problema em demonstrar sua aversão à minha condição social.

– Acho-o normal – respondi. – Por quê?

– Imaginei apenas que poderia ser um segurança.

– Segurança? Como assim?

– Um detetive. Pensei que talvez tivesse sido contratado pelo tio Andrew.

– E por que ele faria isso?

– Bem, pela possibilidade de sequestro, suponho.

Nos Estados Unidos, tínhamos guarda-costas, principalmente no interior.

Outra desvantagem de ter dinheiro que eu desconhecia!

– Que ideia absurda!

– Não sei... Mas já estou acostumada com isso. O que importa? Ninguém repara, mesmo.

– A mulher dele também está envolvida?

– Teria que estar, embora cozinhe muito bem. O tio Andrew, ou talvez Stanford Lloyd, não sei de quem foi a ideia, deve ter acertado as contas com os anteriores e já contratado esses dois para substituí-los. Muito simples.

– Sem lhe contar nada? – perguntei, incrédulo.

– Jamais me contariam. Eu faria um escândalo. De qualquer forma, pode ser que eu esteja enganada. – Continuou, ainda longe: – É que ficamos com um certo pressentimento quando nos habituamos a ter pessoas desse tipo sempre ao nosso redor.

– Pobre menina rica – falei, brutalmente.

Ellie não ligou.

– Acho que isso descreve bem a situação – comentou.

– Cada coisa que aprendo a seu respeito, Ellie! – exclamei.

Capítulo 17

Que fenômeno misterioso é o sono. Vamos para a cama preocupados com ciganos e inimigos secretos, detetives infiltrados em casa, possibilidades de sequestro e milhares de coisas, e o sono varre tudo da mente. Viajamos para muito longe e não sabemos onde estivemos, mas, ao acordar, encontramos um mundo totalmente novo. Sem preocupações, sem apreensões. No dia 17 de setembro, acordei exultante.

"Que dia maravilhoso", falei para mim mesmo, convicto. "Hoje será um dia maravilhoso." E acreditava no que dizia. Parecia aquelas pessoas nos comerciais que se oferecem para ir a qualquer lugar e fazer qualquer coisa. Repassei planos na cabeça. Havia combinado de me encontrar com o major Phillpot num leilão, em certa casa de campo a uns vinte quilômetros de distância. Tinham coisas muito boas lá, e eu já marcara dois ou três itens no catálogo. Estava muito empolgado.

Phillpot entendia muito de móveis antigos, prataria e coisas desse gênero, não por possuir dons artísticos, pois era homem de esportes, mas porque tinha prática. Toda a família era versada no assunto.

Examinei o catálogo no café da manhã. Ellie apareceu em traje de montaria. Montava quase todos os dias agora, às vezes sozinha, outras vezes em companhia de Claudia. Tinha o hábito americano de tomar só café e um suco de laranja no desjejum. Meus gostos, agora que não precisava me restringir, assemelhavam-se aos de um proprietário rural do período vitoriano! Gostava de muitos pratos no aparador. Comi rins, salsichas e bacon naquele dia. Uma delícia!

– O que você vai fazer hoje, Greta? – perguntei.

Ela disse que ia se encontrar com Claudia Hardcastle na estação de Market Chadwell e as duas iriam a Londres a uma "liquidação branca". Perguntei o que era isso.

– Precisa ser tudo branco? – indaguei.

Greta olhou-me com desdém e explicou que "liquidação branca" significava uma venda especial de artigos de cama, mesa e banho. Havia ótimos preços numa loja especializada em Bond Street, que enviara o catálogo.

Falei para Ellie:

– Bem, já que Greta passará o dia em Londres, por que você não se encontra conosco no George em Bartington? Phillpot comentou que a comida lá é muito boa. Disse para convidá-la. Marcamos de almoçar à uma da tarde. Você passa pela Market Chadwell e vira uns cinco quilômetros depois. Acho que há uma placa informando.

– Combinado – disse Ellie. – Estarei lá.

Fui ajudá-la a montar e ela saiu passeando entre as árvores. Ellie adorava andar a cavalo. Percorria, geralmente, uma das trilhas sinuosas e, chegando às colinas de Downs, galopava antes de voltar para casa. Deixei o carro menor para Ellie, por ser mais fácil de estacionar, e fiquei com o Chrysler grande. Cheguei a Bartington Manor um pouco antes de o leilão começar. Phillpot já estava lá e guardara um lugar para mim.

– Tem coisa muito boa aqui – ele disse. – Uns bons quadros. Um Rommney e um Reynolds. Não sei se lhe interessa.

Fiz que não com a cabeça. No momento, só me interessava por arte moderna.

– Há muitos negociantes presentes – continuou Phillpot –, dois de Londres. Está vendo aquele sujeito magro ali, de boca fina? É Cressington. Muito conhecido. Sua mulher não veio?

– Não – respondi –, ela não gosta muito de leilões. De qualquer maneira, eu não queria que viesse esta manhã.

– Por que não?

– Estou preparando uma surpresa para Ellie – contei. – Viu o lote 42?

Ele abriu o catálogo e depois olhou para o outro lado da sala.

– Hmm, a escrivaninha em papel machê? Sim. Uma linda peça. Um dos melhores exemplares de papel machê que já vi. Peça raríssima, também. Existem muitas escrivaninhas portáteis, mas essa é das antigas. Nunca vi nada parecido.

A pequena peça tinha incrustada uma reprodução do castelo de Windsor e, dos lados, buquês de rosas, cardos e trevos.

– Está em ótimas condições – comentou Phillpot, fitando-me com curiosidade. – Não imaginava que fosse de seu gosto, mas...

– E não é – falei. – É florido e feminino demais, na minha opinião. Mas Ellie adora essas coisas. Semana que vem ela faz aniversário, e quero lhe dar isso de presente. É surpresa. Por isso não queria que viesse junto. Mas sei que não poderia haver presente melhor. Ela ficará muito surpresa.

Entramos, nos sentamos e o leilão começou. A peça que eu queria alcançou lances muito altos. Os dois negociantes de Londres pareciam muito interessados, embora um deles fosse tão experiente e discreto que mal se podia notar o movimento levíssimo com o catálogo, observado atentamente pelo leiloeiro. Comprei também uma cadeira Chippendale entalhada, que achei que ficaria bem no hall, e enormes cortinas de brocado, em bom estado de conservação.

– Bem, você parece ter se divertido bastante – disse Phillpot, levantando-se ao terminar o leilão da manhã. – Quer voltar à tarde?

Sacudi a cabeça.

– Não, nada me interessa na segunda parte do leilão. São apenas móveis de quarto, tapetes e coisas assim.

– Foi o que achei. Bem – disse, consultando o relógio –, vamos embora. Ellie se encontrará conosco no George?

– Sim.

– E... a srta. Andersen?

– Não. Greta foi a Londres – respondi. – Foi ao que chamam de "liquidação branca". Com a srta. Hardcastle, acho.

– Ah, sim, Claudia comentou alguma coisa a respeito outro dia. Os preços dos lençóis e jogos de cama são incríveis hoje em dia. Sabe quanto custa uma fronha de linho? Trinta e cinco shillings. Costumava comprar por seis.

– O senhor entende de compra de coisas para casa – comentei.

– Ouço as reclamações de minha mulher – Phillpot sorriu. – Você está com uma aparência ótima, Mike. Feliz como um garotinho.

– É porque consegui a escrivaninha de papel machê – falei –, ou talvez não seja só isso. Acordei feliz hoje. Sabe aqueles dias em que tudo no mundo parece perfeito?

– Hm – fez Phillpot –, cuidado. É isso que chamo de afetação.

– Afetação? – perguntei.

– É um estágio antes do desastre, meu rapaz – disse Phillpot. – É melhor controlar sua exuberância.

– Não acredito nessa besteira de superstição – falei.

– Nem em profecias de ciganos, não é?

– Não temos visto a nossa cigana – contei. – Há uma semana, pelo menos.

– Talvez ela tenha se ausentado do lugar – disse Phillpot.

Pediu-me uma carona.

– Não é necessário usar dois carros. Você pode me deixar aqui na volta, não? E Ellie, virá de carro?

– Sim, no pequeno.

– Espero que tenha uma boa comida no George – disse o major Phillpot. – Estou faminto.

– O senhor comprou alguma coisa? – perguntei. – Estava tão empolgado que nem reparei.

– É preciso manter a presença de espírito ao efetuar lances, prestar atenção no que fazem os negociantes. Não. Fiz um ou dois lances, mas tudo foi muito acima do meu limite.

Deduzi que, embora Phillpot tivesse uma enorme quantidade de terras na região, sua renda era modesta. Poderíamos descrevê-lo como um homem pobre, apesar de grande proprietário rural. Se vendesse parte das terras, disporia de um bom dinheiro para gastar, mas ele não queria vender as terras. Tinha amor por elas.

Chegamos ao George e vimos um grande número de carros estacionados, possivelmente de pessoas que estiveram no leilão. Não vi o carro de Ellie. Entramos, procuramos por ela, mas ela ainda não tinha chegado. De qualquer forma, não estava tão atrasada.

Tomamos um drinque no bar enquanto esperávamos por Ellie. O lugar estava lotado. Olhei para dentro e verifiquei que nossa mesa continuava reservada. Reconheci muitas pessoas do local e, sentado numa mesa perto da janela, notei um rosto que me pareceu familiar. Tinha certeza de que o conhecia, mas não sabia quando e onde nos encontráramos. Não parecia ser dali, pois vestia-se de modo diferente. Evidentemente, havia esbarrado com muitas pessoas na vida e seria difícil de lembrar de todas. Não estivera no leilão, pensei, mas estava convencido de já ter visto aquele rosto. Um bom fisionomista relaciona o rosto com o lugar e o momento em que o viu. Caso contrário, fica complicado.

A gerente do George, uma verdadeira deidade, farfalhando um vestido de seda preta de pretensioso estilo eduardiano que sempre usava, dirigiu-se a mim dizendo:

– Ocupará logo sua mesa, sr. Rogers? Há uma ou duas pessoas esperando.

– Minha mulher já deve estar chegando – informei.

Voltei para junto de Phillpot. Talvez o pneu de Ellie tivesse furado.

– É melhor entrarmos – falei –, porque eles estão ficando irritados. Está lotado hoje. A verdade – acrescentei – é que Ellie não é a pessoa mais pontual do mundo.

– Ah – exclamou Phillpot em seu estilo antiquado –, as mulheres fazem questão de nos fazer esperar, não é? Tudo bem, Mike. Se quiser, entramos e começamos a comer.

Entramos no salão, escolhemos no cardápio torta de miúdos e começamos.

– Ellie fez mal – comentei – em nos deixar esperando assim. – Falei que poderia ser porque Greta estava em Londres. – Ellie está acostumada com a ajuda de Greta para cumprir seus compromissos, lembrar do que combinou, sair no horário etc.

– Ela é muito dependente da srta. Andersen?

– Nesse sentido, sim – respondi.

Continuamos comendo e passamos da torta de miúdos para a torta de maçã, coberta por uma tímida camada de falsa massa folhada.

– Será que ela esqueceu? – perguntei de repente.

– É melhor telefonar.

– Tem razão.

Fui até o telefone e liguei. Atendeu a cozinheira, a sra. Carson.

– Ah, é o senhor, sr. Rogers? A sra. Rogers ainda não voltou para casa.

– Como assim? Não voltou para casa? Não voltou de onde?

– Do passeio a cavalo.

– Mas isso foi logo depois do café da manhã. Ela não ficou andando a cavalo a manhã inteira.

– Não me disse nada. Estava esperando que voltasse.

– Por que não me ligou antes para avisar? – perguntei.

– Não sabia onde encontrá-lo. Não sabia para onde o senhor tinha ido.

Contei-lhe que estava no George, em Bartington, e deixei o meu número. Ela se comprometeu a telefonar assim que Ellie voltasse ou desse notícia. Voltei, então, ao encontro de Phillpot. Ele viu logo, pela minha cara, que havia alguma coisa errada.

– Ellie não voltou para casa – falei. – Saiu para andar a cavalo hoje de manhã, como faz todas as manhãs, mas normalmente não fica mais de uma hora passeando.

– Não se preocupe antes do tempo, meu rapaz – ele disse, gentilmente. – Sua casa fica num lugar bem isolado. Talvez o cavalo tenha se machucado, obrigando-a a voltar a pé. Com todos aqueles brejos e montanhas, não é fácil encontrar alguém para dar o recado.

– Se tivesse mudado de planos e decidido visitar alguém, por exemplo – eu disse –, ela teria ligado para cá. Teria avisado.

– Não se preocupe por enquanto – disse Phillpot. – Vamos embora logo para descobrir o que está acontecendo.

Ao sairmos do estacionamento, outro carro saiu junto. Dentro dele encontrava-se o mesmo homem que havia visto no restaurante e, de repente, lembrei quem era. Stanford Lloyd, ou algum sósia. Fiquei me perguntando o que ele estaria fazendo ali. Teria vindo nos visitar? Se fosse isso, era estranho não ter nos avisado. No carro com ele vi uma mulher muito parecida com

Claudia Hardcastle, mas tinha certeza de que ela estava em Londres, fazendo compras com Greta. Fiquei totalmente desnorteado...

Phillpot olhou para mim uma ou duas vezes. Surpreendi-o numa delas e disse, contrariado:

– Tudo bem, o senhor disse que eu estava afetado esta manhã.

– Não pense nisso ainda. Talvez ela tenha caído, torcido o tornozelo ou coisa parecida. A verdade é que monta bem – disse –, já a vi montar. Acho pouco provável que tenha tido um acidente.

– Acidentes acontecem – falei.

Corremos e chegamos rápido à estrada que dava para as colinas acima da nossa propriedade, olhando sempre ao redor. De vez em quando, parávamos para pedir informações. Paramos para perguntar a um senhor que trabalhava na terra.

– Vi um cavalo sem ninguém – contou. – Há duas horas, ou mais. Tentei segurá-lo, mas ele saiu galopando quando me aproximei. Não vi mais ninguém.

– É melhor irmos para casa – sugeriu Phillpot. – Talvez já tenham notícias.

Voltamos para casa, mas não havia nenhuma notícia. Chamamos o tratador de cavalos e o mandamos aos brejos em busca de Ellie. Phillpot ligou para sua casa e mandou também um de seus criados. Subimos por uma trilha através da floresta, a que Ellie costumava pegar, e chegamos às colinas.

A princípio, não conseguimos ver nada. Depois, fomos margeando a floresta, de onde saíam outros caminhos, e a encontramos. Vimos o que parecia ser um amontoado de roupas. O cavalo tinha voltado e estava comendo capim ali do lado. Comecei a correr. Phillpot acompanhou-me mais rápido do que julguei possível para um homem de sua idade.

Lá estava ela, deitada num monte, com o pequeno rosto pálido voltado para o céu.

– Não! Não! – exclamei e virei o rosto.

Phillpot ajoelhou-se ao seu lado. Levantou-se imediatamente.

– Vamos chamar um médico – disse. – Shaw é o que está mais perto. Mas não acho que vai adiantar, Mike.

– Quer dizer que... ela está morta?

– Sim – respondeu. – Não há como escapar disso.

– Meu Deus! – gritei, afastando-me. – Não posso acreditar! Não com Ellie.

– Venha cá, tome isto – disse Phillpot.

Tirou um frasco do bolso, desatarraxou-o e me entregou. Dei um grande gole.

– Obrigado – falei.

Nesse momento, o tratador de cavalos apareceu, e Phillpot mandou chamar o dr. Shaw.

Capítulo 18

Shaw apareceu num Land Rover velho. Devia ser o carro que usava para visitar fazendas isoladas quando o tempo estava ruim. Mal nos olhou. Dirigiu-se diretamente para Ellie e inclinou-se sobre ela. Depois, veio falar conosco.

– Está morta há pelo menos três ou quatro horas – disse. – Como aconteceu isso?

Contei-lhe que ela tinha ido passear a cavalo depois do café da manhã, como de costume.

– Já havia tido algum acidente de montaria antes?

– Não – respondi. – Montava muito bem.

– Sei que montava bem. Já a vi montar uma ou duas vezes. Montava desde criança, pelo que sei. Pergunto-me se não teria tido algum acidente que a abalou nos últimos tempos. De repente o cavalo se assustou...

– Por que o cavalo se assustaria? É um animal bastante forte...

– Esse cavalo não tem nada de violento – informou o major Phillpot. – É um bicho manso. Ela quebrou algum osso?

– Preciso examiná-la melhor, mas não encontrei nenhuma lesão externa. Talvez tenha algo interno. Um choque, por exemplo.

– Mas ninguém morre disso – falei.

– Algumas pessoas já morreram de choque. Se tivesse um coração fraco...

– Nos Estados Unidos, disseram que ela tinha coração fraco... algum tipo de fraqueza.

– Não encontrei nenhum sinal de fraqueza quando a examinei. Em todo caso, não dispomos de um cardiógrafo. É inútil falar disso agora. Mais tarde saberemos, após o inquérito judicial.

Olhou-me seriamente, dando-me um tapinha nas costas.

– Vá para casa descansar – disse. – Foi você quem sofreu um choque.

Eis que, daquele modo estranho como o povo nas regiões rurais se materializa do nada, três ou quatro pessoas apareceram do nosso lado naquele momento: um andarilho, que viera da estrada ao ver o pequeno grupo; uma mulher de rosto rosado que se dirigia a uma fazenda por um atalho, creio; e um velho trabalhador de estrada. Faziam exclamações e observações.

– Coitadinha.

– E tão jovem. Caiu do cavalo, não?

– Pois é. Não dá para confiar em cavalos.

– É a sra. Rogers, não? A moça americana de As Torres.

O trabalhador da estrada só falou depois que todos fizeram seus comentários de espanto. Deu-nos algumas informações. Sacudindo a cabeça, disse:

– Devo ter visto acontecer. Devo ter visto.

O médico virou-se para ele com ar severo.

– O que viu acontecer?

– Vi um cavalo em disparada pelo campo.

– Viu a moça cair?

– Não, isso eu não vi. Quando a vi, estava andando a cavalo no alto da floresta, e depois virei as costas, porque precisava voltar ao trabalho, cortar pedras para a estrada. Foi então que ouvi um barulho de patas e, levantando os olhos, vi um cavalo galopando sozinho. Não pensei em acidente. Achei que a senhora tivesse descido e soltado o cavalo por algum motivo. Ele não vinha na minha direção e sim na direção oposta.

– Não viu a senhora jogada no chão?

– Não. Não enxergo muito bem de longe. Vi o cavalo porque se destacava no horizonte.

– A moça estava andando a cavalo sozinha? Havia alguém com ela, ou perto?

– Não havia ninguém perto dela. Não. Estava sozinha. Cavalgava não muito longe de mim, passou por mim, indo naquela direção. Acho que se dirigia à floresta. Não, não vi mais ninguém, a não ser ela e o cavalo.

– Talvez tenha sido assustada pela cigana – sugeriu a mulher de rosto rosado.

Virei-me rapidamente.

– Que cigana? Em que momento?

– Ah, deve ter sido... há três ou quatro horas, quando eu descia pela estrada hoje de manhã. Às quinze para as dez, mais ou menos, vi aquela cigana, a que mora na aldeia. Acho que era ela. Estava meio longe, não tenho certeza. Mas ela é a única pessoa que anda por aí de manto vermelho. Estava subindo por uma trilha entre as árvores. Alguém me contou que tinha dito coisas horríveis para a pobre moça americana, que a ameaçara. Disse que algo de mau iria lhe acontecer se não fosse embora. Pelo que ouvi, foi muito grosseira.

– A cigana – falei. Depois, com amargura, deixei escapar em voz alta: – Campo do Cigano. Quem me dera jamais ter visto este lugar!

Livro Três

Capítulo 19

I

É incrível como tenho dificuldade de me lembrar do que aconteceu depois, da sequência dos fatos. Até aquele momento, tudo está claro em minha mente. Não sabia ao certo por onde começar, só isso. Mas, daí por diante, foi como se uma faca tivesse caído, dividindo minha vida em duas partes. O que passei após a morte de Ellie parece-me agora algo para o qual não estava preparado. Uma confusão de pessoas, elementos e acontecimentos, e eu não tinha controle de mais nada. As coisas não se passavam comigo, mas ao meu redor. Era o que eu sentia.

Todos foram muito bondosos, disso me lembro bem. Andava aos tropeços, atordoado, sem saber o que fazer. Greta, não esqueço, "estava em casa". Tinha o extraordinário poder que têm as mulheres de assumir o controle das situações e lidar com elas, isto é, lidar com as insignificantes minúcias a resolver. Eu teria sido incapaz de me ocupar de tais assuntos.

Acho que a primeira coisa de que me lembro com clareza depois de levarem Ellie e eu voltar para casa – a nossa casa, *a* casa – foi a chegada do dr. Shaw e nossa conversa. Não sei quanto tempo havia se passado. O dr. Shaw era uma pessoa tranquila, bondosa e sensata. Limitou-se a me explicar os fatos, com clareza e cuidado.

Preparativos. Lembro que ele usou a palavra "preparativos". Que palavra horrível por tudo o que encerra! As coisas na vida expressas em palavras grandiosas – amor, sexo, vida, morte, ódio – não são, de modo algum, as que governam a existência. São muitos outros embustes e degradações, coisas que devemos aturar e em que nunca pensamos até acontecerem conosco. Agentes funerários, preparativos de enterro, inquéritos judiciais. E criados entrando nos quartos para fechar as cortinas. Por que fechar a cortina após a morte de Ellie? Que estupidez!

Foi por isso, lembro-me, que fiquei tão grato ao dr. Shaw. Ele tratou desses assuntos com tanta sensibilidade e delicadeza, explicando pacientemente o porquê de certas providências, como, por exemplo, uma investigação criminal. Falava bem devagar, para ter certeza de que eu compreendia.

II

Eu não sabia como seria um inquérito judicial. Nunca havia participado de um. Pareceu-me curiosamente irreal, amadorístico. O investigador era um homem baixo, meticuloso, de pincenê. Tive de fazer o reconhecimento testemunhal, descrever a última vez em que havia visto Ellie, na mesa do café da manhã, sua saída para o habitual passeio matutino a cavalo e a combinação de almoçarmos juntos. Ela me pareceu, contei, exatamente a mesma de sempre, no gozo de perfeita saúde.

O testemunho do dr. Shaw foi calmo e inconcludente. Nenhuma ferida grave, apenas a clavícula quebrada e alguns arranhões, resultantes, possivelmente, de uma queda de cavalo. Nada muito sério, nem ocorrido na ocasião da morte. A vítima não parecia ter se mexido após a queda. Morreu imediatamente, segundo o médico. Não havia lesão orgânica específica capaz de ter causado a morte, e a única explicação plausível era a de que morrera de colapso cardíaco em resultado de um choque. Pelo que entendi dos termos médicos empregados, Ellie morrera simplesmente por falta de ar, uma espécie de asfixia. Seus órgãos eram saudáveis, e normal o conteúdo do estômago.

Greta também prestou depoimento e contou, acentuando de maneira muito mais enfática do que anteriormente com o dr. Shaw, que Ellie sofrera de uma doença cardíaca três ou quatro anos antes. Nunca ouvira nada de muito específico a respeito, mas os parentes de Ellie comentaram certa vez que o coração dela era fraco e que ela devia tomar cuidado com excessos. Isso foi tudo.

Chegou depois a vez das pessoas que haviam visto ou se encontravam nas proximidades no momento do acidente. O primeiro foi o velho agricultor que trabalhava o solo. Tinha visto a senhora passar por ele, a uma distância aproximada de cinquenta metros. Sabia quem era, apesar de nunca ter falado com ela. Era a dona da casa nova.

– Reconheceu-a de vista?

– Não. Pelo cavalo. Tem uma pata branca. Pertencera ao sr. Carey, de Shettlegroom. Sempre soube que era manso e bem-comportado, ideal para uma dama.

– O cavalo estava irrequieto quando o viu? Fazendo algo que chamasse a atenção?

– Não, estava bem tranquilo. Era uma linda manhã.

Não havia muita gente por perto, contou. Pelo menos, ele não tinha visto muitas pessoas. Aquele caminho específico pelo brejo não era muito usado, exceto como atalho ocasional para uma das fazendas. Outro caminho cruzava-o a cerca de um quilômetro e meio de distância. Tinha visto um ou dois transeuntes naquela manhã, mas nada que se destacasse. Um ia de bicicleta e o outro, a pé. Estavam longe demais para reconhecê-los e, de qualquer modo, não tinha reparado direito. Contou que antes de ter visto a moça andando a cavalo, vira a velha sra. Lee, ou julgava ter visto. Estava subindo o caminho em direção a ele, mas depois virou e entrou na floresta. Ela costumava atravessar o brejo e andar pela floresta.

O investigador perguntou por que a sra. Lee não comparecera ao tribunal. Havia sido intimada. Contaram-lhe que a sra. Lee deixara a aldeia alguns dias antes, ninguém sabia exatamente quando. Não deixou nenhum endereço. Era de seu feitio desaparecer e voltar sem dar aviso. Ou seja, o fato não apresentava nada de anormal. Aliás, uma ou duas pessoas declararam que, em sua opinião, ela saíra da aldeia *antes* do dia do acidente. O investigador dirigiu-se ao velho novamente:

– Acredita, mesmo assim, que foi a sra. Lee quem o senhor viu?

– Não posso dizer com certeza. Não tenho como afirmar. Era uma mulher alta, andando a passos largos, com um manto escarlate, como o da sra. Lee. Mas não prestei muita atenção. Estava ocupado com meu trabalho. Pode ter sido ela, como pode ter sido outra pessoa. Não há como saber!

De resto, repetiu, em grande parte, o que já nos dissera. Tinha visto a senhora passeando a cavalo ali perto, como em outras vezes. Não dera muita atenção. Só mais tarde notou o cavalo galopando sozinho. Parecia assustado. "Pode ter sido isso." Não sabia precisar a hora. Talvez fossem onze horas, ou mais cedo. Viu o cavalo muito depois, bem longe. Dava a impressão de estar voltando para a floresta.

Foi então que o investigador mandou me chamar de novo para fazer mais algumas perguntas a respeito da sra. Lee, sra. Esther Lee de Vine Cottage.

– O senhor e sua esposa conheciam a sra. Lee pessoalmente?

– Sim – respondi –, conhecíamos.

– Já falaram com ela?

– Sim, várias vezes. Aliás – acrescentei –, ela falou conosco.

– Em alguma ocasião, ela os ameaçou?

Fiz uma pequena pausa.

– Em certo sentido, sim – respondi, devagar –; mas nunca achei...

– Nunca achou o quê?

– Nunca achei que estivesse falando sério – completei.

– Parecia ter algum ressentimento contra sua esposa?

– Minha mulher disse que sim. Falou que sentia certo rancor de sua parte, mas não sabia por quê.

– O senhor ou a sua esposa, em alguma ocasião, já a expulsou de sua terra, ameaçou-a ou tratou-a mal de algum modo?

– A agressiva era ela – falei.

– Em algum momento, teve vez a impressão de que era mentalmente desequilibrada?

Refleti um pouco.

– Sim – respondi. – Parecia acreditar que a terra onde construíramos nossa casa lhe pertencia, pertencia à sua tribo, ou sei lá como chamam. Estava obcecada com isso. E acho que a obsessão estava piorando – acrescentei lentamente.

– Compreendo. Jamais agrediu fisicamente a sua esposa?

– Não – confirmei, devagar. – Não creio que possa afirmar isso. Foi uma dessas pragas de cigano. "Terá azar se permanecer aqui. Sua vida será amaldiçoada se não for embora."

– Mencionou a palavra "morte"?

– Acho que sim. Mas não levamos a sério. Pelo menos eu – corrigi.

– E sua esposa?

– Creio que sim. A velha sabia amedrontar. Não acredito que fosse realmente responsável por suas palavras ou atos.

A sessão terminou com o adiamento do inquérito por duas semanas. Tudo parecia indicar que a morte tinha ocorrido por causas acidentais, mas não havia prova suficiente para determinar a causa do acidente. O processo foi adiado até que se ouvisse o depoimento da sra. Esther Lee.

Capítulo 20

No dia seguinte ao do inquérito, fui visitar o major Phillpot e disse-lhe, diretamente, que precisava de sua opinião. Alguém, que o velho agricultor tomara pela sra. Esther Lee, tinha sido visto subindo em direção à floresta naquela manhã.

– O senhor conhece essa velha – falei. – Acha que é capaz de causar um acidente por maldade deliberada?

– Para falar a verdade, não, Mike – respondeu. – Para fazer uma coisa dessas é preciso ter um motivo muito forte. Vingança por algum dano pessoal que lhe causaram, algo do tipo. E o que Ellie fez a ela? Nada.

– Parece loucura, eu sei. Mas por que ela se apresentava daquela forma, sempre estranha, ameaçando Ellie, dizendo-lhe para ir embora? A impressão era a de que lhe tinha ódio, mas por quê? Jamais encontrara ou vira Ellie antes. O que era Ellie para ela senão uma americana totalmente desconhecida? Não há uma história passada, nenhuma ligação entre as duas.

– Eu sei, eu sei – falou Phillpot. – Mas sinto que existe alguma coisa que não compreendemos, Mike. Não sei quanto tempo sua esposa ficou na Inglaterra antes do casamento. Será que já morou aqui?

– Não, com certeza não. É tudo tão difícil. Na verdade, não sei nada sobre Ellie. Digo, quem conhecia, aonde ia. Nos encontramos... e pronto. – Controlei-me e olhei para ele. Perguntei: – O senhor não sabe como nos conhecemos, sabe? Não – continuei –, poderia lhe dar cem anos que não adivinharia. – E de repente, sem querer, comecei a rir. Contive-me logo em seguida. Senti que estava à beira da histeria.

Observei sua fisionomia paciente esperando que me recobrasse. Era uma pessoa muito prestativa. Quanto a isso, não restava dúvida.

– Nos conhecemos aqui – falei –, no Campo do Cigano. Estava lendo o cartaz que anunciava a venda em leilão de As Torres e resolvi pegar a estrada para conhecer o lugar. E foi assim que eu a vi pela primeira vez. Estava em pé debaixo de uma árvore. Assustei-a, ou talvez ela tenha me assustado. De qualquer maneira, foi assim que tudo começou. Foi assim que viemos morar neste lugar abominável, maldito e desgraçado.

– Sempre sentiu isso? Que o lugar seria desgraçado?

– Não. Sim. Não sei muito bem. Nunca admiti. Nunca quis admitir. Mas acho que *ela* sabia. Vivia assustada desde o princípio. – Depois, falei lentamente: – Acho que alguém queria assustá-la de propósito.

Ele perguntou, de maneira seca:

– O que você quer dizer com isso? Quem queria assustá-la?

– Supostamente a cigana, mas não tenho certeza... Ela costumava ficar à espreita de Ellie, para adverti-la de que o lugar lhe traria infortúnio e que deveria ir embora.

– Ah! – exclamou, irritado. – Pena eu não ter sabido disso antes. Teria falado com a velha Esther. Ela não podia fazer uma coisa dessas.

– E por que fez? – perguntei. – O que a levou a isso?

– Como tantas outras pessoas – explicou Phillpot –, ela gosta de se mostrar importante. Sente prazer em fazer advertências às pessoas ou, então, ler a sorte e profetizar-lhes uma vida feliz. Gosta de fingir que conhece o futuro.

– Suponhamos – falei sem pressa – que alguém tenha lhe dado dinheiro. Soube que é louca por dinheiro.

– Sim, gosta muito de dinheiro. Se alguém lhe pagou... é isso que está insinuando... quem colocou isso na sua cabeça?

– O sargento Keene – respondi. – Eu jamais teria pensado nisso.

– Sei. – Sacudiu a cabeça, em sinal de dúvida. – Não acredito que ela tenha deliberadamente tentado assustar sua mulher a ponto de causar um acidente.

– Talvez não tenha contado com um acidente fatal. Pode ter feito alguma coisa para assustar o cavalo – falei. – Soltado uma bombinha, agitado uma folha de papel branco ou algo assim. Às vezes, sabe, sentia que tinha mesmo algum ressentimento contra Ellie, por um motivo que desconheço.

– Parece muito pouco provável.

– Este lugar nunca pertenceu a ela? – perguntei. – A terra, quero dizer.

– Não. É possível que os ciganos tenham sido expulsos desta propriedade mais de uma vez. Eles estão sempre sendo enxotados dos lugares, mas não acredito que guardem ressentimento em relação a isso.

– Não – concordei –, seria absurdo. Mas me pergunto se, por algum motivo que não sabemos... ela foi paga...

– Um motivo que não sabemos? Que motivo?

Refleti por um momento.

– Tudo o que disser vai parecer fantástico. Mas suponhamos que, como Keene disse, alguém tenha pagado para ela fazer o que fez. O que essa pessoa queria? Digamos que quisesse nos expulsar daqui. Concentraram-se em Ellie, não em mim, porque sabiam que eu não me assustaria como ela. Amedrontaram-na para que fôssemos embora. Nesse caso, deve haver algum motivo para querer que a terra fosse vendida novamente. Alguém, podemos dizer, por alguma razão, quer a nossa propriedade.

– Faz sentido – Phillpot disse –, mas não vejo motivo.

– Alguma jazida mineral importante – sugeri – da qual ninguém tenha conhecimento.

– Acho difícil.

– Algum tesouro escondido. Sei que parece absurdo. Digamos que seja dinheiro de assalto a um grande banco.

Phillpot ainda balançava a cabeça, mas agora com menos veemência.

– A outra possibilidade que nos resta – continuei – é recuar mais um passo, como o senhor acaba de fazer. Por trás da sra. Lee está a pessoa que lhe pagou. Pode ser um inimigo desconhecido de Ellie.

– Consegue pensar em alguém?

– Não. Ela não conhecia ninguém aqui. Disso tenho certeza. Não tinha ligação nenhuma com este lugar. – Levantei-me. – Obrigado por me ouvir.

– Gostaria de ter sido mais útil.

Saí pela porta, mexendo no objeto que trazia no bolso. Decidi então, de repente, dar meia-volta e entrar de novo no quarto.

– Queria lhe mostrar uma coisa – disse. – Na verdade, ia mostrar ao sargento Keene, para ver o que achava.

Enfiei a mão no bolso e tirei dele uma pedra redonda, embrulhada num pedaço de papel amassado, com algumas palavras impressas.

– Isso foi jogado através da janela da copa hoje de manhã – contei. – Ouvi o estilhaçar do vidro quando descia a escada. Já haviam jogado uma pedra pela janela na outra vez que viemos aqui. Não sei se foi a mesma pessoa.

Peguei o papel do embrulho e lhe entreguei. Era um pedaço de papel comum, sujo. Tinha algo impresso em tinta desbotada. Phillpot colocou os óculos e inclinou-se para ler. A mensagem que continha era bem curta. "*Foi uma mulher quem matou sua esposa.*"

As sobrancelhas de Phillpot se ergueram.

– Extraordinário! – exclamou. – A primeira mensagem que recebeu também era impressa?

– Não me lembro. Era apenas um aviso para que fôssemos embora. Não me lembro das palavras exatas agora. De qualquer forma, tenho quase certeza de que eram vândalos. Esta é diferente.

– Acha que foi jogada por alguém que sabia de alguma coisa?

– Provavelmente é apenas uma brincadeira de mau gosto em forma de carta anônima. Isso é muito comum em aldeias.

Devolveu-me o papel.

– Mas acho que seu instinto estava certo. Mostre para o sargento Keene. Ele entende mais de cartas anônimas do que eu.

Encontrei o sargento Keene na delegacia de polícia. Ele ficou claramente interessado.

– Coisas estranhas têm acontecido aqui – disse.

– O que será que significa isso? – perguntei.

– Difícil dizer. Pode ser simples maldade, com o objetivo de incriminar determinada pessoa.

– Incriminar a sra. Lee, suponho.

– Não. Se fosse isso, não teria sido redigida dessa forma. Poderia ser – gostaria de pensar assim – alguém que viu ou ouviu alguma coisa. Ouviu um barulho, um grito ou o cavalo em disparada e depois viu ou encontrou uma mulher. Mas não acho que fosse a cigana, porque todo mundo já a considera envolvida no caso. A referência, então, parece ser outra mulher, totalmente diferente.

– E a cigana? – perguntei. – Teve alguma notícia dela? Encontraram?

Fez que não com a cabeça.

– Conhecemos alguns lugares a que costumava ir quando se ausentava daqui. Na direção de East Anglia. Tem amigos lá, no clã dos ciganos. Disseram que não passou por ali, mas não diriam a verdade. Eles se fecham. Ela é muito conhecida na região, mas ninguém a viu. De qualquer modo, não acredito que esteja tão longe.

Havia algo de peculiar na forma em que pronunciou essas palavras.

– Não entendo direito – falei.

– Veja da seguinte maneira: ela está assustada. E tem motivo para estar. Vinha ameaçando sua esposa, amedrontando-a e agora, suponhamos, provocou um acidente que lhe causou a morte. A polícia está atrás dela e ela sabe disso. Então, resolveu se mandar, como dizem. Tentará se manter o mais distante possível de nós. Porém não pode se expor. Evitará o transporte público, por exemplo.

– Mas o senhor a encontrará, não? É uma mulher de aparência inconfundível.

– Sim, em algum momento a encontraremos. Essas coisas levam um certo tempo. Isso, claro, se tiver sido assim.

– Mas o senhor acredita que tenha sido de alguma outra forma.

– Bem, o senhor sabe o que acho desde o princípio: alguém lhe pagou para dizer o que disse.

– Nesse caso, ela teria ficado ainda mais ansiosa para desaparecer – observei.

– Mas outra pessoa também teria esse interesse. Temos que pensar nisso, sr. Rogers.

– Ou seja – concluí devagar –: a pessoa que lhe pagou.

– Sim.

– Suponhamos que estivesse sendo paga por uma mulher. E suponhamos que outra pessoa tenha desconfiado e começado a enviar mensagens anônimas. A mulher também deve ter ficado assustada. Não devia ter a *intenção* de que aquilo acontecesse. Por mais que houvesse induzido a cigana a afugentar sua esposa, não planejava a morte da sra. Rogers.

– É verdade – concordei. – A morte não estava nos planos. O objetivo era apenas nos assustar. Assustar minha mulher e a mim para que fôssemos embora daqui.

– E agora, quem está assustada? A mulher que causou o acidente: a sra. Esther Lee. Portanto, confessará tudo, não acha? Digamos que não tenha sido ela. Dirá pelo menos que lhe pagaram e mencionará um nome. Dirá quem pagou. E isso incomodaria alguém, concorda, sr. Rogers?

– Ou seja, a mulher desconhecida que inventamos sem nem saber se existe?

– Pode ter sido mulher ou homem. Suponhamos que alguém lhe pagou. Esse alguém haveria de querer silenciá-la rápido, não acha?

– Acredita que possa estar morta?

– É possível, não? – perguntou Keene. Depois pareceu mudar de assunto de maneira bastante brusca. – Lembra-se daquele lugar, o templo, que descobriram no alto da floresta, sr. Rogers?

– Sim – respondi. – O que há com ele? Minha mulher e eu fizemos alguns reparos ali. Demos uma melhorada no lugar. Íamos lá de vez em quando, mas não com muita frequência. Nunca mais fomos. Por quê?

– Bem, andamos investigando o local. Examinamos esse templo. Não estava trancado.

– Não – confirmei –, nunca nos preocupamos com isso. Não havia nenhum objeto de valor ali. Apenas alguns móveis.

– Achamos que a velha sra. Lee o estivesse usando, mas não encontramos nenhum vestígio dela. No entanto, encontramos isto. Ia lhe mostrar de qualquer maneira. – Ele abriu a gaveta e pegou um pequeno isqueiro de ouro cinzelado. Era um isqueiro delicado, feminino, com uma inicial gravada em diamantes: a letra C. – Não era de sua mulher, era?

– Não com a inicial C. Não era de Ellie – afirmei. – Ela não tinha nada desse estilo. E também não era da srta. Andersen. Seu nome é Greta.

– Alguém o perdeu ali. É uma peça refinada, cara.

– C – falei, repetindo a inicial, pensativo. – Não me lembro de ter estado com ninguém cuja inicial do nome fosse C, exceto Cora. É a madrasta de minha mulher, sra. Van Stuyvesant, mas não consigo imaginá-la subindo ao Esconderijo por aquele caminho cheio de mato. E, de qualquer maneira, há muito tempo que não vem nos visitar. Cerca de um mês. Acho que nunca a vi usando esse isqueiro. Mesmo assim, não teria reparado – eu disse. – Talvez a srta. Andersen saiba.

– Leve-o para lhe mostrar.

– Vou levá-lo. Mas, se for de Cora, é estranho que não o tenhamos visto quando estivemos no Esconderijo há pouco tempo. Não há tanta coisa lá. Teríamos notado um objeto desses jogado no chão. Estava no chão?

– Sim, perto do divã. Evidentemente, qualquer um poderia usar esse esconderijo. É um lugar propício para encontros amorosos. Refiro-me a pessoas do local. No entanto, é improvável que possuíssem um objeto caro como esse.

– Talvez Claudia Hardcastle – lembrei –, se bem que acho difícil que tivesse algo tão refinado assim. E o que iria fazer lá?

– Era muito amiga de sua esposa, não?

– Sim – respondi –, acho que era sua melhor amiga daqui. E devia saber que não nos importávamos que usasse o Esconderijo quando quisesse.

– Ah – fez o sargento Keene.

Olhei-o com severidade.

– Não acha que Claudia Hardcastle fosse inimiga de Ellie, acha? Seria absurdo.

– Concordo em que não há razão para que fosse, mas, em se tratando de mulheres, nunca se sabe.

– Suponho... – comecei a falar e parei, porque o que ia dizer era muito esquisito.

– Sim?

– Creio que Claudia Hardcastle se casou, pela primeira vez, com um americano, um sujeito chamado Lloyd. Na verdade, o nome do principal fiduciário de minha mulher nos Estados Unidos é Stanford Lloyd. Mas deve haver centenas de Lloyds por aí, e seria pura coincidência se fosse a mesma pessoa. E o que isso teria a ver com o caso?

– Aparentemente nada. Mas... – parou aí.

– O curioso é que julguei ter visto Stanford Lloyd aqui no dia do acidente... almoçando no George, em Bartington...

– Ele veio falar com o senhor?

Fiz que não com a cabeça.

– Estava acompanhado de uma mulher muito parecida com a sra. Hardcastle. Mas devo ter me confundido. Sabia que foi o irmão dela quem construiu nossa casa?

– Ela tem algum interesse na casa?

– Não – respondi. – Não creio que lhe agrade o estilo de arquitetura do irmão. – Levantei-me. – Bem, não quero tomar mais o seu tempo. Tente encontrar a cigana.

– Fique tranquilo que não desistiremos de procurar. O investigador também quer encontrá-la.

Despedi-me e saí da delegacia. Eis que, daquele modo estranho como tantas vezes acontece de esbarrarmos de repente com alguém de quem acabamos de falar, Claudia Hardcastle saiu do correio bem no momento em que eu passava por ali. Nós dois paramos. Ela disse, com aquele ligeiro constrangimento de encontrar uma pessoa recentemente enlutada:

– Sinto muito, Mike, pelo que aconteceu com Ellie. Não direi mais nada. É horrível quando as pessoas falam nessas ocasiões. Mas não posso deixar de lhe dizer isso.

– Eu sei – tranquilizei-a. – Você foi muito boa para Ellie. Ela se sentia em casa aqui, graças a você. Sou-lhe muito grato.

– Só queria lhe perguntar uma coisa, e achei melhor perguntar agora, antes de você ir para os Estados Unidos. Ouvi dizer que irá em breve.

– Logo que possível. Tenho muitas questões para resolver lá.

– É que... *se* estiver pensando em vender a casa, talvez queira deixar o processo em andamento antes de partir... E, sendo assim, queria que me desse preferência.

Fiquei olhando para ela, muito surpreso. Era a última coisa que esperava.

– Está me dizendo que gostaria de comprá-la? Pensei que não gostasse desse tipo de arquitetura.

– Meu irmão Rudolf me disse que era seu melhor trabalho. Ele sabe o que diz. Imagino que pedirá um preço muito alto, mas posso pagar. Sim, gostaria de comprá-la.

Não tive como não achar estranho. Ela jamais havia demonstrado o menor interesse pela casa nas vezes em que veio nos visitar. Fiquei me perguntando, como já o fizera anteriormente, qual era sua verdadeira ligação com o meio-irmão. Será que se dava mesmo bem com ele? Às vezes parecia que não o valorizava e talvez até o detestasse. Falava dele de um modo muito esquisito. No entanto, fossem quais fossem seus sentimentos, ele *significava* alguma coisa para ela. Representava algo importante. Sacudi a cabeça lentamente.

– Parece-me natural achar que eu queira vender a casa e ir embora, agora que Ellie morreu – falei. – Mas, para falar a verdade, não é meu desejo. Moramos aqui, fomos felizes, e este lugar me traz ótimas recordações dela. *Não venderei o Campo do Cigano...* por preço algum! Pode estar certa disso.

Nossos olhares se cruzaram. Era como se houvesse uma espécie de briga entre nós. Ela baixou os olhos.

Tomei coragem e falei:

– Sei que não é da minha conta, mas você já foi casada. Seu marido se chamava Stanford Lloyd?

Ela olhou para mim por um tempo, em silêncio. Depois disse, bruscamente:

– Sim – e foi embora.

Capítulo 21

Confusão... É só disso que me lembro quando olho para trás. Jornalistas fazendo perguntas, querendo entrevistas, pilhas de cartas e telegramas, e Greta lidando com tudo isso...

A primeira coisa de fato surpreendente é que os familiares de Ellie não estavam nos Estados Unidos, como achamos que estariam. Foi um grande choque descobrir que a maioria deles estava, em realidade, na Inglaterra. É compreensível, talvez, no caso de Cora van Stuyvesant. Era uma mulher muito irrequieta, sempre viajando pela Europa, para a Itália, Paris, Londres, e de volta para os Estados Unidos, Palm Beach, para a fazenda no oeste; aqui, ali e por toda parte. No próprio dia da morte de Ellie, estava a uma distância não superior a oitenta quilômetros, persistindo no capricho de ter uma casa na Inglaterra. Havia corrido para passar dois ou três dias em Londres a fim de procurar novas imobiliárias em busca de novos imóveis e passou o dia visitando casas no interior.

Como se veio a saber depois, Stanford Lloyd viajara no mesmo avião, aparentemente para uma reunião de negócios em Londres. Esse pessoal soube da morte de Ellie não pelos telegramas que havíamos enviado aos Estados Unidos, mas pela mídia impressa.

Houve grande discórdia em relação ao lugar em que Ellie deveria ser enterrada. Ao meu ver, o natural seria enterrá-la aqui, onde morrera, onde vivíamos.

A família de Ellie, porém, se opôs violentamente. Queriam que o corpo fosse trasladado aos Estados Unidos para ser sepultado ao lado de seus antepassados, no lugar em que jaziam o avô, o pai, a mãe e outros. Pensando melhor, acabei achando natural.

Andrew Lippincott veio debater o assunto comigo, colocando-o de modo racional.

– Ela nunca deixou indicações de onde queria ser enterrada – observou.

– E por que deveria? – perguntei, meio irritado. – Quantos anos tinha, 21? Ninguém pensa em morrer nessa idade. Com 21, a pessoa não pensa em como deseja ser enterrada. Se tivéssemos pensado nisso, teríamos chegado à conclusão de que desejaríamos ser enterrados juntos em algum lugar, mesmo que não morrêssemos no mesmo momento. Mas quem pensa em morte no meio da vida?

– Uma observação bastante pertinente – disse o sr. Lippincott. Depois informou: – Receio que também terá que ir aos Estados Unidos. Há uma enorme quantidade de questões empresariais a resolver.

– Que tipo de questões? O que é que eu tenho a ver com isso?

– Tem muito a ver – disse. – Não sabe que é o principal herdeiro segundo o testamento?

– Por ser o parente mais próximo, esse tipo de coisa?

– Não. De acordo com o testamento.

– Nunca soube que ela tinha feito um testamento.

– Pois é – disse o sr. Lippincott. – Ellie era uma jovem metódica. Tinha que ser, sabe? Viveu no meio daquilo tudo. Fez o testamento ao atingir a maioridade e logo após o casamento. Ficou guardado com seu advogado em Londres, e uma cópia me foi enviada. – Hesitou e então continuou: – Se for realmente aos Estados Unidos, o que o aconselho a fazer, sugiro também que coloque seus negócios nas mãos de algum bom advogado de lá.

– Por quê?

– Porque, no caso de uma grande fortuna, com muitos imóveis, ações e participação majoritária em diversas indústrias, precisará de orientação técnica.

– Não estou qualificado para lidar com esse tipo de coisa – falei. – Não estou mesmo.

– Entendo perfeitamente – disse o sr. Lippincott.

– Não poderia deixar tudo em suas mãos?

– Poderia.

– Então, caso resolvido, não?

– Ainda assim, acho que deveria contratar um advogado à parte para representá-lo. Sou advogado de outros membros da família e pode surgir um conflito de interesses. Se quiser deixar em minhas mãos, cuidarei para que seus interesses sejam protegidos por um advogado absolutamente capaz.

– Obrigado – falei –, o senhor é muito gentil.

– Se me permitir uma ligeira indiscrição... – Parecia meio sem jeito, e eu gostei de saber que o sr. Lippincott podia ser indiscreto.

– Sim?

– Devo aconselhá-lo a agir com bastante cautela ao assinar qualquer papel ou documento de negócios. Antes de assinar, leia tudo com atenção.

– E eu conseguiria entender esse tipo de documento?

– Se não entender tudo, entregue-os ao seu consultor jurídico.

– Está me prevenindo contra alguém específico? – perguntei, com repentino interesse.

– Não tenho como responder essa pergunta – disse o sr. Lippincott. – Só lhe digo uma coisa: onde existe uma grande quantidade de dinheiro envolvida, é melhor não confiar em *ninguém*.

Ou seja, ele estava me prevenindo contra alguém, mas não me daria nomes. Isso ficou claro. Seria Cora? Ou suspeitava, há tempos talvez, de Stanford Lloyd, aquele banqueiro espalhafatoso tão cheio de bonomia, tão rico e despreocupado, que havia estado aqui recentemente "a negócios"? Podia ser também o tio Frank, que viria a se aproximar de mim com alguns documentos cabíveis. Tive uma repentina visão de mim mesmo, um pobre e inocente idiota, nadando num lago de ferozes crocodilos, todos a me dirigirem falsos sorrisos de amizade.

– O mundo – disse o sr. Lippincott – é um lugar de muita maldade.

Talvez fosse estupidez dizer aquilo, mas lhe perguntei mesmo assim:

– A morte de Ellie beneficiou alguém?

Olhou-me com severidade.

– É uma questão muito curiosa. Por que pergunta isso?

– Não sei – respondi –, me passou pela cabeça.

– Beneficia você – respondeu.

– Claro – falei. – Isso eu já sabia. A questão é se mais alguém sai beneficiado.

O sr. Lippincott fez silêncio por um bom tempo.

– Se quer saber – disse – se o testamento de Fenella beneficia outras pessoas em termos de legado, responderei que sim, em pequena escala. Alguns criados antigos, governantas, uma ou duas instituições de caridade, mas nada muito significativo. Há uma herança para a srta. Andersen, não muito grande, porque, como talvez já saiba, ela já tinha dado um bom dinheiro para Greta.

Concordei com a cabeça. Ellie me havia contado.

– Você é o marido. Ela não tinha nenhum outro parente próximo. Mas presumo que sua pergunta não se referia especificamente a isso.

– Não sei muito bem o que queria dizer – falei. – Mas, de alguma forma, o senhor conseguiu, sr. Lippincott, me fazer suspeitar, não sei de quem, nem por quê. Só suspeitar. Não entendo de finanças – acrescentei.

– Isso é bem evidente. Devo dizer-lhe apenas que não tenho nenhuma informação precisa, nenhum suspeita fundada. Quando alguém morre, faz-se um inventário de seus bens, o que pode levar pouco tempo ou anos e anos.

– O senhor quer dizer – concluí – que algumas pessoas podem querer me passar a perna e me confundir. Talvez me peçam para assinar quitações... não sei como se diz.

– Se os negócios de Fenella, digamos, não estivessem nas boas condições em que deviam estar, então, sim, possivelmente sua morte prematura poderia ser, digamos, benéfica para alguém, sem citar nomes, que talvez encobrisse seus vestígios mais facilmente tratando com uma pessoa simplória, se me permite dizer, como você. Cheguei até esse ponto, mas não quero mais falar desse assunto. Não seria justo.

Realizou-se uma cerimônia fúnebre bastante simples na pequena capela. Se pudesse, não teria ido. Odiava todas aquelas pessoas que me encaravam, em fila, do lado de fora da igreja. Olhares curiosos. Greta me ajudou. Só agora vejo quão forte e fidedigna era. Encarregou-se dos preparativos, encomendou flores, organizou tudo. Hoje consigo entender por que Ellie era tão dependente dela. Não há muitas mulheres como Greta neste mundo.

Quase todos os presentes eram nossos vizinhos, alguns dos quais mal conhecíamos. Reparei numa pessoa que já havia visto antes, sem saber onde. Quando voltei para casa, Carson me informou que havia um senhor à minha espera na sala de estar.

– Não tenho condições de receber ninguém hoje. Mande-o embora. Não deveria tê-lo deixado entrar.

– Desculpe-me, senhor. Disse-me que era parente.

– Parente?

Lembrei-me de repente do homem que vira na igreja.

Carson me entregou um cartão.

Não significava nada para mim. Sr. William R. Pardoe. Olhei do outro lado e balancei a cabeça. Entreguei-o, então, a Greta.

– Por acaso, você conhece esse sujeito? – perguntei.

– Seu rosto me pareceu familiar, mas não sei quem é. Talvez seja um dos amigos de Ellie.

Greta pegou o cartão, examinou-o e disse:

– Claro.

– Quem é?

– Tio Reuben. Deve se lembrar: o primo de Ellie. Ela falou dele para você, com certeza.

Lembrei, então, por que a fisionomia não me era estranha. Ellie tinha várias fotografias de parentes cuidadosamente espalhadas na parede da sala de estar. Por isso conhecia tão bem aquele rosto. Até então, só o tinha visto em retrato.

– Diga a ele que já vou – falei.

Saí do quarto para a sala de estar. O sr. Pardoe levantou-se e disse:

– Michael Rogers? Talvez não saiba meu nome, mas sua esposa era minha prima. Chamava-me sempre de tio Reuben. Nós dois, porém, nunca nos encontramos. Esta é a primeira vez que venho aqui desde o seu casamento.

– É claro que sei quem é – afirmei.

Não sei muito bem como descrever Reuben Pardoe. Era alto e corpulento, rosto largo e olhar distraído, como se estivesse sempre pensando em outra coisa. Porém, após conversar com ele, via-se que era muito mais atento do que aparentava.

– Não preciso nem dizer o quanto fiquei chocado e triste ao saber da morte de Ellie – falou.

– Deixemos isso de lado – eu disse. – Não estou preparado para falar desse assunto.

– Claro, compreendo.

Era um sujeito simpático, embora algo nele me deixasse um pouco desconfortável. Perguntei, quando Greta entrou:

– Conhece a srta. Andersen?

– Claro – respondeu. – Como vai, Greta?

– Vou levando – retrucou Greta. – Há quanto tempo está aqui?

– Há uma ou duas semanas apenas. Passeando.

Olharam para mim. Num impulso, soltei:

– Vi-o outro dia.

– Verdade? Onde?

– Num leilão, num lugar chamado Bartington Manor.

– Estou lembrando agora – disse –, sim, lembro-me de seu rosto. Você estava com um senhor de uns sessenta anos, mais ou menos, de bigode castanho.

– Exato – confirmei. – Era o major Phillpot.

– Pareciam animados – ele disse –, os dois.

– Melhor impossível – comentei, e repeti com o mesmo estranho assombro que sempre sentia: – Melhor impossível.

– Claro, naquele momento você não sabia o que tinha acontecido. Foi no dia do acidente, não?

– Sim, estávamos esperando Ellie para o almoço.

– Que tragédia – exclamou o tio Reuben. – Uma tragédia e tanto...

– Não sabia que estava na Inglaterra – cortei. – Creio que Ellie também não, certo? – Fiz uma pausa, esperando pelo que iria me dizer.

– Não – respondeu. – Não mandei nenhuma carta. Na verdade, não sabia quanto tempo ficaria, mas terminei meu trabalho mais cedo, e pensei na possibilidade de vir visitá-los depois do leilão.

– Veio dos Estados Unidos a negócios? – perguntei.

– Em parte sim, em parte não. Cora precisava de minha opinião sobre um ou dois assuntos. Um deles refere-se à casa que estava pensando em comprar.

Contou-me, então, que Cora estava na Inglaterra. Falei novamente:

– Não sabíamos disso.

– Na verdade, ela nem estava longe daqui naquele dia – informou.

– Estava perto? Onde? Num hotel?

– Não, na casa de uma amiga.

– Não sabia que tinha amigos aqui.

– Uma mulher chamada... Qual era mesmo o nome dela? Hard alguma coisa... Hardcastle!

– Claudia Hardcastle?

– Sim. Era muito amiga de Cora. Conheceu-a quando foi aos Estados Unidos. Não sabia?

– Sei muito pouco – respondi. – Muito pouco sobre a família.

Olhei para Greta.

– *Você* sabia que Cora conhecia Claudia Hardcastle?

– Não creio que a tenha ouvido falar nela – retorquiu Greta. – Então foi por isso que Claudia não apareceu naquele dia.

– Claro – eu disse –, ia fazer compras com você em Londres. Combinaram de se encontrar na estação de Market Chadwell...

– Sim... e ela não foi. Ligou para cá logo depois que saí. Disse que uma amiga americana tinha chegado inesperadamente e por isso não poderia sair de casa.

– Será que essa amiga americana era Cora? – levantei a questão.

– É lógico – disse Reuben Pardoe, balançando a cabeça. – Tudo parece tão confuso. Fiquei sabendo que o inquérito judicial foi postergado.

– Sim – confirmei.

Ele esvaziou a xícara e se levantou.

– Não quero preocupá-lo mais ainda – disse. – Se eu puder ajudar de alguma forma, estou no hotel Majestic, em Market Chadwell.

Disse-lhe que não via em que poderia me ajudar e agradeci. Quando ele saiu, Greta falou:

– O que será que ele quer? Por que terá vindo aqui? – E depois, abruptamente: – Gostaria que todos voltassem para o lugar de onde vieram.

– Será que foi mesmo Stanford Lloyd a pessoa que vi no George? Não reparei direito.

– Você disse que o sujeito estava com uma mulher parecida com Claudia, então provavelmente era ele. Talvez ele tenha vindo ver Claudia e Reuben tenha vindo por Cora. Que confusão!

– Não gosto nada disso... todo mundo na região naquele dia.

Greta disse que as coisas aconteciam assim. Como sempre, parecia animada e sensata.

Capítulo 22

I

Eu não tinha mais nada a fazer no Campo do Cigano. Deixei Greta encarregada de cuidar da casa e peguei um navio para Nova York, a fim de resolver as coisas por lá e tomar parte do que, segundo esperava com alguma apreensão, ia ser o mais terrível funeral em memória de Ellie.

– Você entrará numa selva – avisou-me Greta. – Tome cuidado. Não deixe que lhe arranquem a pele.

Ela estava certa em relação a isso. Era uma selva mesmo. Senti quando cheguei. Não sabia nada a respeito, pelo menos naquele contexto. Estava em território desconhecido, no qual não era o caçador e sim a caça. Havia pessoas à minha volta, na moita, prontas para me abater. Às vezes, admito, imagino coisas. Outras vezes, minhas suspeitas se justificam. Lembro-me de ter procurado o advogado que o sr. Lippincott me recomendou (sujeito muito cortês, que me tratou como teria feito um clínico geral na profissão médica). Haviam me aconselhado a desfazer-me de certas jazidas, cujos títulos de propriedade não eram muito líquidos.

Ele me perguntou quem tinha dito isso e respondi que havia sido Stanford Lloyd.

– Precisamos dar uma olhada – disse. – Um homem como o sr. Lloyd deve saber o que fala.

Informou-me mais tarde:

– Não há nada de errado nos seus títulos de propriedade e, portanto, não existe motivo para vender logo as terras como ele disse. Fique com elas.

Tive, naquele momento, a impressão de estar certo: eu era visado por todos. Sabiam que era ingênuo no que se referia a assuntos financeiros.

O funeral foi suntuoso e, ao meu ver, horrível. Folheado a ouro, como previra. O cemitério, repleto de flores, mais parecia um parque público, e todos os adornos de luto e luxo se expressavam em mármore monumental. Ellie teria detestado, com certeza. Mas presumo que sua família tivesse certos direitos em relação a ela.

Quatro dias após minha chegada a Nova York recebi notícias de Kingston Bishop.

O corpo da sra. Lee havia sido encontrado na pedreira abandonada, na parte mais afastada do morro. Estava morta há alguns dias. Já havia ocorrido acidentes ali antes e tinham dito que o lugar devia ser cercado, mas ninguém nunca fez nada. O veredicto foi de "morte acidental", com a recomendação ao conselho de que cercasse o local. No chalé da sra. Lee, encontrou-se a quantia de trezentas libras debaixo do assoalho, tudo em notas de uma libra.

O major Phillpot acrescentara um P.S.: "Ficará triste, tenho certeza, de saber que Claudia Hardcastle caiu do cavalo e morreu ontem, quando estava caçando".

Claudia, morta? Não pude acreditar! Foi um choque terrível. Duas pessoas, em quinze dias, mortas em acidente de cavalo. Uma coincidência quase impossível.

II

Não quero falar muito do tempo passado em Nova York. Era um estranho num ambiente desconhecido. Sentia, o tempo todo, que devia tomar cuidado com o que dizia e fazia. A Ellie que conhecera, tão peculiarmente minha, não estava lá. Naquele momento, via-a como uma simples americana, herdeira de grande fortuna, cercada de amigos, conhecidos e parentes distantes, pertencente a uma família que vivera ali por cinco gerações. Chegara em meu território como um cometa.

Agora, estava de volta para ser enterrada com seus compatriotas, em sua própria terra. Fiquei feliz de que fosse assim. Não me sentiria à vontade se ela ficasse naquele pequeno cemitério perto da floresta de pinheiros, quase na saída da aldeia. Não, não me sentiria à vontade.

"Volte para o lugar a que pertence, Ellie", disse para mim mesmo.

De vez em quando, vinha-me à memória aquela pequena melodia da música que ela costumava cantar ao violão. Lembrava-me de seu dedilhado nas cordas.

Toda manhã e todo anoitecer
Alguns nascem para o doce prazer

E pensei: "Isso se aplicava a você. Você nasceu para o doce prazer. Teve esse prazer, lá no Campo do Cigano. Porém, não durou muito tempo. Agora acabou. Você voltou para onde talvez não houvesse muito prazer, para o lugar em que não era feliz. Mas, de qualquer maneira, está em *casa*, no meio de sua própria gente".

De repente, comecei a cogitar onde *eu* ficaria quando chegasse a minha hora. No Campo do Cigano? Poderia ser. Minha mãe viria me visitar no túmulo, se já não estivesse morta. Mas eu não conseguia pensar nisso. Era mais fácil pensar na minha própria morte. Sim, viria me ver sepultado. Talvez se abrandasse a severidade de seu rosto. Desviei os pensamentos. Não queria pensar nela. Não desejava me aproximar, nem sequer vê-la.

Não é verdade. A questão não era vê-*la*. O caso com minha mãe sempre foi o de *ela* me ver, seus olhos perscrutando meu íntimo, numa ansiedade que me invadia como um miasma. Pensei: "As mães são um inferno! Por que têm de se preocupar tanto com os filhos? Por que acham que sabem tudo sobre eles? Não sabem, não mesmo! Ela devia orgulhar-se de mim, sentir-se feliz pela vida maravilhosa que conquistei. Devia...". E depois desviei os pensamentos de novo.

Quanto tempo permaneci nos Estados Unidos? Nem disso me lembro. Pareceu uma eternidade. Andava com cautela, sendo observado por pessoas de sorriso amarelo e inimizade no olhar. Dizia a mim mesmo, todos os dias: "Preciso passar por isso. Vou ultrapassar este momento, e depois..." Estas últimas eram as duas palavras que usava – na cabeça, entenda-se bem. Pensava nelas todos os dias, várias vezes ao dia. *E depois...* Palavras de futuro. Empregava-as da mesma forma que usara aquelas duas outras palavras: *eu quero...*

Todos faziam de tudo para me ajudar porque eu era rico! De acordo com o testamento de Ellie, agora eu era um homem extremamente rico. Sentia-me muito estranho. Possuía investimentos, títulos, ações, propriedades, e não tinha a menor ideia do que fazer com aquilo.

No dia anterior à minha volta para a Inglaterra, tive uma longa conversa com o sr. Lippincott. Sempre pensei nele assim, como sr. Lippincott. Jamais o vi como tio Andrew. Contei-lhe sobre meus planos de tirar meus investimentos das mãos de Stanford Lloyd.

– Ótimo! – Suas sobrancelhas grisalhas ergueram-se. Olhou-me com seus olhos argutos e fisionomia impenetrável, e fiquei pensando no que queria dizer com "ótimo".

– Acha uma boa ideia? – perguntei, ansioso.

– Presumo que tenha motivos.

– Não – falei –, não tenho motivo. Um pressentimento, no máximo. Posso me abrir com o senhor?

– Fique tranquilo, não contarei nada a ninguém.

– Pois bem, sinto que ele é um impostor!

– Ah – fez o sr. Lippincott, que parecia interessado. – Sim, diria que seu instinto talvez esteja certo.

Soube, então, que tinha razão. Stanford Lloyd vinha usando de forma ilícita títulos, investimentos e outros bens de Ellie. Assinei uma procuração a favor de Andrew Lippincott.

– Está disposto a aceitá-la? – perguntei.

– No que se refere a assuntos financeiros – respondeu o sr. Lippincott –, pode confiar em mim. Farei o que puder. Dificilmente terá motivo para se queixar de minha administração.

O que ele queria dizer com aquilo? Devia querer dizer alguma coisa. Talvez que não gostasse de mim, nunca havia gostado, mas que daria o máximo de si em relação às finanças por eu ter sido marido de Ellie. Assinei todos os documentos necessários. Ele me perguntou como voltaria para a Inglaterra. De avião? Respondi que não, que iria de navio. – Preciso de um tempo sozinho – expliquei. – Acho que uma viagem pelo mar me fará bem.

– E onde fixará residência?

– No Campo do Cigano – respondi.

– Ah, pretende morar lá?

– Sim.

– Pensei que fosse vender a propriedade.

– Não – retruquei, e o "não" saiu mais forte do que esperava. Não iria me desfazer do Campo do Cigano. Aquele lugar tinha feito parte do meu sonho, um sonho acalentado desde menino.

– Há alguém cuidando da casa enquanto está aqui nos Estados Unidos?

Contei que deixara isso a cargo de Greta Andersen.

– Sei, Greta Andersen – repetiu o sr. Lippincott.

Sua maneira de pronunciar o nome "Greta" tinha algum significado, mas não entrei no jogo. Se ele não gostava dela, paciência. Jamais gostara. Fez-se uma pausa incômoda, e então mudei de ideia. Senti que devia dizer *alguma coisa.*

– Ela foi muito boa para Ellie – disse. – Cuidou dela quando estava doente, veio morar conosco para cuidar de Ellie. Nem tenho como lhe agradecer. Seria bom que compreendesse isso. O senhor não sabe o que ela tem feito, como ajudou, tratando de tudo após a morte de Ellie. Não sei o que seria de mim sem ela.

– Claro, claro – disse o sr. Lippincott, com uma frieza inimaginável.

– Devo muito a ela.

– É uma moça muito competente – comentou o sr. Lippincott.

Levantei-me, despedi-me e agradeci-lhe.

– Não há por que agradecer – disse ele, com a mesma frieza.

Acrescentou:

– Escrevi uma pequena carta para você. Já a enviei por correio ao Campo do Cigano. Se vai viajar de navio, provavelmente já estará lá quando chegar. – Depois disse: – Boa viagem.

Perguntei-lhe, com certa hesitação, se conhecera a mulher de Stanford Lloyd, uma moça chamada Claudia Hardcastle.

– Ah, você está falando da primeira esposa. Não, nunca a conheci. Creio que o casamento durou pouco. Após o divórcio, ele se casou de novo. E o segundo casamento também acabou em divórcio.

Foi isso.

Quando voltei para o hotel, encontrei um telegrama. Pedia-me que fosse a um hospital na Califórnia. Dizia que um amigo meu, Rudolf Santonix, havia perguntado por mim. Não lhe restava muito tempo de vida e desejava me ver antes de morrer.

Mudei a passagem de dia e peguei um avião para São Francisco. Ele ainda não tinha morrido, mas estava piorando muito rápido. Duvidavam de que recobrasse a consciência antes de morrer, mas havia pedido minha presença com muita urgência. Fiquei lá, naquele quarto de hospital, olhando para ele, observando o que parecia ser a casca do homem que conhecia. Sempre tivera aspecto doentio. Sempre fora meio diáfano, delicado, frágil. E agora estava ali, deitado, parecendo um vulto de cera, inanimado. "Gostaria de que falasse comigo, que dissesse alguma coisa, *qualquer coisa*, antes de morrer", pensava.

Senti-me muito sozinho, terrivelmente sozinho. Havia fugido de inimigos e chegado a um amigo – meu único amigo, na verdade. Era a única pessoa que me conhecia, além da minha mãe, mas eu não queria pensar nela.

Falei uma ou duas vezes com a enfermeira, perguntando-lhe se não havia nada a fazer, mas ela limitou-se a responder que não com a cabeça e disse, de maneira evasiva:

– Ele pode recuperar a consciência ou não.

Fiquei lá sentado. Finalmente, ele se mexeu e soltou um suspiro. A enfermeira levantou-o com muito cuidado. Olhou para mim, mas não sei dizer se me reconheceu. Olhava-me como se enxergasse além de mim. De repente, seu olhar mudou. "Ele está me reconhecendo, está me vendo", pensei. Santonix começou a falar baixinho, e eu me curvei sobre a cama para ver se entendia, mas as palavras pareciam não fazer sentido. Seu corpo teve, então, um súbito espasmo e contração. Jogando a cabeça para trás, gritou:

– Seu idiota! Por que não tomou outro rumo?

Teve um colapso e morreu.

Não sei o que queria dizer, ou mesmo se ele próprio sabia o que estava dizendo.

E foi assim que vi Santonix pela última vez. Será que teria me ouvido se tivesse dito alguma coisa? Gostaria de ter repetido que a casa que construíra para mim era a melhor coisa que eu tinha no mundo, o que havia de mais importante em minha vida. Curioso que uma casa pudesse representar tanto. Creio que era por uma espécie de simbolismo. Algo que se deseja tanto que nem se sabe o que é. Mas Santonix sabia e me deu o que eu procurava. Agora a casa era minha e eu ia voltar para lá.

Voltar para casa. Só pensava nisso ao entrar no navio, além do cansaço mortal que sentia... Foi então que se ergueu, das profundezas do meu ser, uma onda de felicidade... Estava indo para casa. Estava indo para casa...

Em casa está o marinheiro, em casa vindo do mar
E em casa o caçador se encontra, vindo da mata...

Capítulo 23

I

Sim, estava indo para casa. Agora, tudo havia acabado. O fim da luta, o fim do esforço. A última parte da jornada.

Parecia tão distante o tempo de minha irrequieta juventude. Os dias de "*eu quero, eu quero*". Mas não fazia tanto tempo. Menos de um ano...

Passei tudo em revista, deitado em meu beliche, pensando.

O encontro com Ellie... a época do Regent's Park... nosso casamento no cartório. A casa... Santonix a construí-la... o término da obra. Minha, totalmente minha. Eu era eu, eu mesmo, como queria ser, como sempre desejara. Tinha conseguido tudo o que queria e estava voltando para casa.

Antes de sair de Nova York, escrevi uma carta e a enviei por correio aéreo para que chegasse antes de mim. Era para Phillpot. Por algum motivo, senti que Phillpot entenderia o que outros talvez não entendessem.

Achei mais fácil escrever do que falar. De qualquer forma, ele tinha que saber. Todos tinham que saber. Algumas pessoas provavelmente não entenderiam, mas ele sim. Ele tinha visto como Ellie e Greta eram unidas, como Ellie dependia de Greta. Ele entenderia minha dependência também, que seria impossível, para mim, morar sozinho na casa em que vivera com Ellie sem alguém lá para me ajudar. Não sei se me expliquei direito. Fiz o que pude.

"Queria que o senhor fosse o primeiro a saber", escrevi. "Foi tão atencioso conosco que imagino que será o único a entender. Não consigo encarar a ideia de morar sozinho no Campo do Cigano. Pensei muito a respeito durante minha estada nos Estados Unidos e decidi pedir Greta em casamento assim que chegar em casa. Ela é a única pessoa com quem posso realmente falar de Ellie. Ela entenderá. Talvez não aceite o pedido, mas acho pouco provável... Será como se nós três ainda estivéssemos juntos."

Escrevi a carta três vezes até conseguir expressar exatamente o que queria. Phillpot deveria recebê-la dois dias antes de eu chegar.

Subi ao convés quando nos aproximávamos da Inglaterra. Fiquei reparando na costa cada vez mais perto. "Queria que Santonix estivesse aqui comigo", pensei. Queria muito. Queria que visse como tudo estava se concretizando. Tudo o que havia planejado, pensado e desejado.

Livrara-me dos Estados Unidos, desvencilhara-me dos vigaristas e puxa-sacos e de toda aquela gente que eu odiava e que certamente me odiava também, além de me desprezar por pertencer a uma classe tão inferior! Voltava triunfante. Retornava ao pinheiral e à perigosa estrada, cheia de curvas, que levava à casa no alto do morro, pelo Campo do Cigano. A *minha* casa! Estava voltando a dois desejos. Minha casa, a casa de meus sonhos, que eu havia idealizado e ambicionado tanto, e uma mulher maravilhosa... Sempre soube que, algum dia, conheceria uma mulher assim. Já a encontrara. Eu a tinha visto e ela a mim. Resolvemos nos unir. Uma mulher maravilhosa. Quando a vi, senti imediatamente que seria seu, de forma absoluta e eterna. Eu era dela. E agora, por fim, ia em sua direção.

Ninguém me viu chegar a Kingston Bishop. Estava anoitecendo. Vim de trem e, chegando à estação, caminhei por uma sinuosa estrada secundária. Não queria encontrar nenhuma das pessoas da aldeia. Não naquela noite...

O sol já havia se posto quando cheguei à estrada que levava ao Campo do Cigano. Tinha avisado a Greta meu horário de chegada. Ela estava em casa, esperando por mim. Finalmente! Acabaram-se agora os subterfúgios e todos os fingimentos... a história de que não gostava dela... Lembrava-me, rindo por dentro, do papel que desempenhara com tanto cuidado desde o começo – não gostar de Greta, opor-me à sua vinda para ficar com Ellie. Sim, fui muito cuidadoso. Todo mundo deve ter acreditado. Lembro-me da briga que inventamos para que Ellie ouvisse.

Greta sabia quem eu era desde o nosso primeiro encontro. Nunca tivemos ilusões em relação um ao outro. Tínhamos a mesma mentalidade, o mesmo tipo de desejo. Queríamos nada menos do que o mundo! Queríamos chegar lá no alto, realizar todas as nossas ambições: ter tudo, sem nos privar de nada. Lembro-me de como lhe abri meu coração na primeira vez em que nos encontramos, em Hamburgo, revelando meu frenético desejo de riqueza. Não precisei esconder minha cobiça desenfreada perante Greta, porque ela era igual a mim. Disse-me:

– Para tudo o que queremos na vida, precisamos de dinheiro.

– Sim – concordei –, e não sei como vou consegui-lo.

– Não – disse Greta –, você não precisará suar a camisa. Não faz o seu tipo.

– Trabalho! – exclamei. – Teria que trabalhar por anos e anos! Não quero esperar até a meia-idade. – falei. – Conhece a história daquele camarada, Schliemann? O cara deu um duro danado, ganhou muito dinheiro e acabou realizando o sonho de sua vida, que era ir a Troia fazer escavações e descobrir túmulos, mas só aos quarenta anos de idade. Não quero esperar até ficar velho, com um pé na cova. Quero agora, enquanto sou jovem e forte. Você também, não?

– Sim. E sei como você pode conseguir. É fácil. Admira-me que ainda não tenha pensado nisso. Você tem jeito com as mulheres, não tem? Dá para ver. Eu sinto.

– Acha mesmo que dou bola para alguma mulher? Só existe uma mulher que desejo: você – declarei. – E você sabe disso. Sou seu, desde que a vi. Sempre soube que encontraria alguém como você. E encontrei. Eu sou seu.

– Sim – disse Greta –, acho que sim.

– Nós dois queremos as mesmas coisas na vida – afirmei.

– É fácil – disse Greta. – Muito fácil. É só você se casar com uma mulher rica, uma das mais ricas do mundo. Posso dar um jeito de conseguir isso.

– Não venha com fantasias – exclamei.

– Não é fantasia. Será fácil.

– Não – cortei. – Isso não serve para mim. Não quero ser marido de mulher rica. Ela me dará presentes, nos divertiremos juntos e viverei numa gaiola de ouro, mas não é isso o que desejo. Não quero ser escravo.

– Não há necessidade disso. A coisa não duraria muito. Apenas o suficiente. As esposas morrem, sabe como é.

Fitei-a.

– Ficou chocado? – indagou.

– Não, nem um pouco – garanti.

– Imaginei. Você nunca...?

Encarou-me com ar interrogativo, mas me neguei a responder. Ainda mantinha um certo instinto de autopreservação. Alguns segredos não são contados para ninguém, não por serem segredos, mas porque não queremos pensar neles. Eu não queria pensar no primeiro desses segredos. Uma coisa tola, pueril, sem importância. Eu tinha uma cobiça infantil por determinado relógio de pulso que um menino, companheiro de escola, ganhara de presente. Queria aquele relógio para mim. Queria muito. Havia custado uma fortuna. Ele o ganhara de um padrinho rico. Sim, sonhava com um relógio daqueles, mas não via como ter um. Então, certo dia, fomos patinar no gelo. A camada de gelo não era forte o suficiente para aguentar nosso peso. Não tínhamos pensado nisso. E aconteceu. O chão se abriu. Fui em direção ao meu amigo que caíra num buraco e segurava-se como podia no gelo, que lhe cortava as mãos. Aproximei-me, evidentemente, para salvá-lo, mas, quando cheguei perto, vi o brilho do relógio de pulso e pensei: "Se ele se afogasse, seria fácil...".

Quase que inconscientemente, acho, desatei a pulseira, peguei o relógio e empurrei sua cabeça para baixo, em vez de tentar tirá-lo dali... Foi só manter sua cabeça dentro d'água. Ele não tinha como resistir, porque estava sob o gelo. Outras pessoas viram a cena e vieram em nossa direção. Achavam que eu estava tentando salvá-lo! Conseguiram tirá-lo dali, com certa dificuldade, procuraram reanimá-lo com respiração artificial, mas era tarde demais. Escondi meu tesouro num lugar especial em que costumava guardar coisas que não queria que minha mãe visse, porque ela me perguntaria onde as arranjara. Acabou encontrando o relógio um dia, ao mexer nas minhas meias. Perguntou-me se não era o relógio de Pete. Neguei, dizendo que o tinha trocado com um colega da escola.

Ficava sempre tenso ao lado de minha mãe: sentia que ela me conhecia demais. Fiquei nervoso quando encontrou o relógio. Acho que suspeitou de algo. Não podia ter *certeza*, claro. Ninguém *sabia*. Mas ela me olhava de maneira estranha. Todos pensavam que eu tentara resgatar Pete. Minha mãe não. Acho que ela sabia. Não queria saber, mas o problema era que me conhecia a fundo. Senti-me culpado algumas vezes, mas o sentimento de culpa passou logo.

A outra vez foi num acampamento, na época do serviço militar. Um sujeito chamado Ed e eu havíamos ido a uma espécie de cassino. Eu estava completamente sem sorte e perdi tudo o que tinha, mas Ed ganhou uma boa quantia. Trocou as fichas e fomos para casa, ele com os bolsos abarrotado de notas. Num determinado momento, dois brutamontes apareceram do nada e nos atacaram com facas. Levei um pequeno corte no braço, mas Ed foi esfaqueado e caiu no chão. Ouviu-se barulho de pessoas se aproximando, e os assaltantes fugiram. Pensei que se eu fosse rápido... e *era*! Tenho bons reflexos. Amarrei minha mão com um lenço, tirei a faca do ferimento de Ed e a enterrei novamente, algumas vezes, em lugares mais adequados. Ele soltou um último suspiro e caiu inconsciente. Fiquei assustado, claro, por um ou dois segundos, mas depois disse a mim mesmo que tudo daria certo. Senti-me, naturalmente, orgulhoso de conseguir pensar e agir tão rápido! Pensei: "Pobre Ed, sempre foi um idiota". Não demorei em passar todas aquelas notas para o meu bolso! Não há nada como ter bons reflexos e saber aproveitar as oportunidades. A questão é que as oportunidades não aparecem com frequência. Algumas pessoas, imagino, devem ficar amedrontadas ao saber que mataram alguém. Eu não fiquei. Pelo menos daquela vez.

Veja bem, isso não é coisa que se queira fazer muitas vezes. Só se vale mesmo a pena. Não sei como Greta percebeu isso em mim. Mas ela sabia. Não digo que soubesse do fato de eu já ter matado duas pessoas. Devia saber, porém, que a ideia de matar não me abalaria. Perguntei:

– Que história fantástica é essa, Greta?

Ela respondeu:

– Posso ajudá-lo, colocando-o em contato com uma das garotas mais ricas dos Estados Unidos. Sou uma espécie de governanta dela, por assim dizer. Moramos juntas. Tenho muita influência sobre sua vida.

– Acha que ela se interessaria por um cara como eu? – indaguei. Não acreditava naquilo. Por que uma menina rica, que podia escolher o homem que quisesse, olharia para mim?

– Você tem seu charme – disse Greta. – As mulheres andam atrás de você, não andam?

Sorri e disse que não podia reclamar.

– Ela jamais teve esse tipo de coisa. Vem sendo muito vigiada. Os únicos homens com quem lhe permitem encontrar-se são formalistas, filhos de banqueiros, filhos de magnatas. Está sendo preparada para se casar com um sujeito rico. Ficam apavorados com a ideia de que conheça estrangeiros bonitões que só queiram seu dinheiro. Mas, claro, ela prefere homens assim. Seriam uma novidade para ela, algo inédito. Você teria que conquistá-la. Teria que ser amor à primeira vista, uma coisa arrebatadora! Fácil. Ninguém nunca a abordou com sensualidade. Você poderia fazer isso.

– Posso tentar – falei, sem saber muito bem.

– Vamos fazer um plano – disse Greta.

– A família se intrometerá e acabará com tudo.

– Não – afirmou Greta –, eles não saberão, até ser tarde demais. Você se casará com ela secretamente.

– Então esse é o plano.

Falamos a respeito. Planejamos. Não em detalhes, veja bem. Greta voltou para os Estados Unidos, mas mantínhamos contato. Continuei em diversos empregos. Contei-lhe sobre o Campo do Cigano e que o desejava, e ela me disse que era um ótimo cenário para uma história romântica. Decidimos que meu encontro com Ellie aconteceria ali. Greta convenceria Ellie a comprar uma casa na Inglaterra e se afastar da família após atingir a maioridade.

Sim, preparamos tudo. Greta era uma excelente estrategista. Eu não teria conseguido organizar o plano, mas poderia desempenhar meu papel sem fazer feio. Sempre gostei de representar. E foi assim que aconteceu. Foi assim que conheci Ellie.

E me diverti à beça, apesar da imprudência, porque havia sempre um risco de não dar certo. O que me deixava realmente nervoso eram os encontros com Greta. Tinha que tomar cuidado para não me entregar ao olhar para Greta. Tentava *não* olhar para ela. Achamos mais fácil fingir inimizade, com o pretexto de ciúme. Executei bem essa parte. Lembro-me quando ela veio para ficar. Encenamos uma briga, um bate-boca que Ellie pudesse ouvir. Não sei se exageramos. Creio que não. Às vezes ficava nervoso diante da possibilidade de Ellie desconfiar, mas acho que ela nunca desconfiou de nada. Não se pode saber. Nunca a entendi direito.

Fazer amor com Ellie era fácil. Ela era muito meiga, muito carinhosa. Às vezes, porém, me desconcertava, pelas coisas que fazia sem meu conhecimento. E sabia muito mais do que eu imaginava. Mas me amava, isso é fato. Acho que eu a amava também, de vez em quando...

Não que fosse como Greta. Greta era a minha mulher. A personificação do sexo. Estava louco por ela e tinha que me controlar. Com Ellie era diferente. Eu gostava de viver ao seu lado. Engraçado. Pensando agora, vejo que adorava sua companhia.

Escrevo isso neste momento porque era o que pensava na noite em que voltei dos Estados Unidos, quando cheguei realizado, com tudo o que desejara na vida, a despeito dos riscos, dos perigos, do fato de ter cometido um homicídio – bem executado, por sinal!

Sim, foi complicado, admito, mas ninguém teria como descobrir, do jeito que fizemos. Agora, os riscos e perigos haviam acabado e eu estava de volta ao Campo do Cigano. Voltava como no dia em que vira o cartaz do leilão e fora visitar as ruínas da velha casa. Voltava e perdia a sanidade...

Foi então que a vi. Digo, foi então que vi Ellie. Logo ao chegar à curva da estrada, no local perigoso em que ocorriam acidentes. *Lá estava ela*, no mesmo lugar onde estivera antes, à sombra de um pinheiro, parada, como na vez em que se assustara ao me ver e eu também. Ali nos olháramos e eu fora falar com ela, representando o papel do jovem subitamente apaixonado. E representei muito bem. Sou um ótimo ator!

No entanto, não esperava vê-la agora... Quer dizer, não *tinha como* vê-la agora, não é? Mas eu a *estava* vendo... Ela me olhava... olhava diretamente para mim. Havia somente uma coisa que me assustava, me aterrorizava. Era como se ela *não* me visse... Digo, sabia que ela não podia estar realmente ali. Sabia que estava morta... *mas eu a vi.* Ela estava morta, e o corpo, enterrado num cemitério dos Estados Unidos. Mesmo assim, ela estava lá, embaixo do pinheiro, olhando para mim. Não para mim. Olhava como se esperasse ver, com amor nos olhos, o mesmo amor que vira um dia, ao ouvi-la tocar violão. Naquele dia, ela me perguntara: "Em que você está pensando?" Eu respondi com outra pergunta: "Por que você quer saber?" E ela: "Você está me olhando como se me amasse". Eu disse algo tolo como: "É claro que a amo".

Estaquei lá na estrada, tremendo dos pés à cabeça.

– Ellie! – gritei.

Ela não se mexeu. Ficou onde estava, *olhando*... olhando diretamente através de mim. Foi isso que me assustou, pois sabia que se pensasse um pouco saberia por que ela não me via, e eu não queria saber. Não queria mesmo. Tinha certeza. Olhar para onde eu estava... *sem me ver.* Saí correndo. Corri como um covarde pelo restante da estrada em direção às luzes de casa, fugindo do pânico bobo em que me encontrava. O meu triunfo: chegara em casa. Era o caçador vindo da mata, de volta à casa, de volta às coisas que mais valorizava no mundo, à incrível mulher que me tinha de corpo e alma.

E agora íamos nos casar e morar naquela casa. Conseguiríamos tudo o que queríamos! Havíamos vencido, sem grandes dificuldades.

A porta não estava trancada. Entrei, com passo firme, e fui até a biblioteca. Lá se encontrava Greta, à minha espera na janela. Estava gloriosa. A coisa mais bela e encantadora que já tinha visto. Parecia *Brünnhilde*, uma valquíria, de brilhantes cabelos dourados. Exalava sensualidade por todos os poros. Havíamos nos privado por tanto tempo, exceto pelos breves encontros no Esconderijo.

Caí diretamente em seus braços, um marinheiro vindo do mar para o lugar a que pertencia. Sim, foi um dos momentos mais maravilhosos de minha vida.

II

Logo em seguida, voltamos à realidade. Sentei-me e ela me passou um pequeno maço de cartas. Peguei, quase que automaticamente, uma delas, com selo americano. Era a carta de Lippincott. Intrigou-me o que podia ter escrito e o motivo de me escrever.

– Por fim – disse Greta, num suspiro profundo de satisfação –, conseguimos.

– O Dia da Vitória – brinquei.

Rimos de chorar. Havia champanhe na mesa. Abri-o e bebemos à nossa saúde.

– Este lugar é maravilhoso – falei, olhando ao redor. – É mais bonito do que lembrava. Santonix... acho que ainda não lhe contei. Santonix morreu.

– Meu Deus – exclamou Greta –, que pena! Então estava doente mesmo?

– É claro que estava doente. Eu que nunca quis admitir. Fui vê-lo antes de morrer.

Greta estremeceu.

– Deus me livre ter que passar por isso. Ele disse alguma coisa?

– Nada em especial. Disse que eu era um idiota, que devia ter seguido pelo outro caminho.

– Como assim? Que caminho?

– Não sei o que quis dizer – respondi. – Devia estar delirando, sem saber o que falava.

– Bem, esta casa é um lindo monumento à sua memória – disse Greta. – Acredito que nos apegaremos a ela, não acha?

Fitei-a.

– Claro. Pensa que vou morar em algum outro lugar?

– Não podemos ficar aqui o tempo todo – disse Greta. – Não o ano inteiro. Vamos nos enfurnar num buraco como esta aldeia?

– Mas é aqui onde quero morar, onde sempre quis.

– Eu sei. Mas, mesmo assim, Mike, temos todo o dinheiro do mundo. Podemos ir para onde quisermos! Podemos conhecer todo o continente, fazer um safári na África, viver aventuras. Vamos atrás das coisas... quadros valiosos. Podemos viajar para Angkor Vat. Você não quer ter uma vida de aventuras?

– Acho que sim... Mas sempre voltaremos aqui, não é?

Tive a sensação estranha de que alguma coisa tinha dado errado, em algum ponto. Aquilo era tudo o que sempre desejara: minha própria casa e Greta. Não precisava de mais nada. Ela, sim. Dava para ver. Estava apenas começando, começando a querer coisas. Tive um pressentimento ruim de repente. Comecei a tremer.

– O que foi, Mike? Você está tremendo. Será que está resfriado?

– Não é isso – falei.

– O que houve, Mike?

– Eu vi Ellie – respondi.

– Como assim viu Ellie?

– Quando subia pela estrada, ao virar na curva. Ela estava lá, parada embaixo da árvore, olhando para mim, ou melhor, em minha direção.

Greta me encarou.

– Não seja ridículo. Está imaginando coisas.

– Talvez seja imaginação mesmo. Afinal de contas, este é o Campo do Cigano. Ellie estava lá, tenho certeza, e parecia... parecia feliz. Exatamente como antes, como se sempre tivesse estado ali e sempre fosse estar.

– Mike! – Greta me balançou pelos ombros. – Mike, não diga uma coisa dessas. Você bebeu antes de vir para cá?

– Não, esperei. Sabia que me receberia com champanhe.

– Muito bem, vamos esquecer Ellie e brindar ao nosso encontro.

– *Era* Ellie sim – repeti, obstinadamente.

– É claro que não era Ellie! Deve ter sido ilusão de ótica ou coisa parecida.

– Era Ellie sim. Estava parada, me olhando, procurando por mim. Mas não conseguia me ver. Greta, *ela não conseguia me ver.* – Aumentei o tom de voz. – E eu sei por quê. Eu sei *por que* ela não conseguia me ver.

– Como assim?

Foi então que, pela primeira vez, murmurei:

– Porque não era eu. Eu não estava ali. Não havia nada para ela ver, exceto uma noite sem fim. – Gritei, numa voz tomada de pânico: – Alguns nascem para o doce prazer, alguns nascem para uma noite sem fim. *Eu*, Greta, *eu*!

Perguntei:

– Você se lembra, Greta, de como ela se sentava no sofá? Costumava tocar essa música no violão, cantando com a voz doce. Você deve se lembrar. *Toda noite e todo amanhecer* – cantei baixinho – *Alguns nascem para sofrer.*

Toda manhã e todo anoitecer, alguns nascem para o doce prazer. Essa era Ellie, Greta. Ela nascera para o doce prazer. *Alguns nascem para o doce prazer, sim, alguns nascem para uma noite sem fim.* Era isso que minha mãe sabia sobre mim. Sabia que eu nasci para uma noite sem fim. Ainda não havia chegado a esse ponto, mas ela já sabia. E Santonix também. Sabia que estava tomando esse rumo. Mas podia não ter acontecido. Houve apenas um momento, um único momento, quando Ellie cantou aquela música. Eu poderia ter sido muito feliz casado com Ellie, não poderia? Poderia continuar casado com Ellie.

– Não poderia – interrompeu Greta. – Nunca achei que você fosse do tipo que se apavorasse, Mike. – Sacudiu-me pelo ombro de novo. – Acorde!

Fiquei olhando para ela.

– Desculpe-me, Greta. O que foi que eu disse?

– Imagino que o tenham aborrecido bastante lá nos Estados Unidos. Mas você fez tudo certo, não fez? Refiro-me aos investimentos.

– Está tudo em ordem – falei. – Tudo garantido para o nosso futuro. Um futuro glorioso!

– Você está falando de um modo muito estranho. Gostaria de saber o que diz a carta de Lippincott.

Peguei a carta e a abri. Não havia nada dentro além de um velho recorte de jornal. Olhei fixamente para o papel. Era a foto de uma rua. Reconheci aquela rua, com um edifício alto no fundo. Era uma rua em Hamburgo, e na foto viam-se algumas pessoas caminhando em direção ao fotógrafo. Duas estavam em primeiro plano, de braços dados: Greta e eu. *Então Lippincott sabia.* Sabia, desde o princípio, que eu já conhecia Greta. Alguém deve ter lhe mandado o recorte, sem maldade, apenas achando legal reconhecer a srta. Greta Andersen passeando pelas ruas de Hamburgo. Ele sabia que eu conhecia Greta. Lembro-me de quando me perguntou se já a conhecia ou não.

Neguei, claro, mas ele sabia que estava mentindo. Deve ter começado a desconfiar de mim nesse momento.

De repente, passei a temer Lippincott. Evidentemente, ele não tinha como suspeitar de que eu tivesse assassinado Ellie. No entanto, suspeitava de algo. Talvez suspeitasse inclusive daquilo.

– Olhe – falei para Greta –, ele sabia que nos conhecíamos. Sabia desde o princípio. Sempre odiei aquela velha raposa e ele sempre odiou você. Quando souber do nosso plano de casamento, desconfiará. – Mas ali eu já sabia que Lippincott desconfiava de tudo, de que Greta e eu íamos nos casar, de que nos conhecíamos e talvez até de que éramos amantes.

– Mike, você está parecendo um ratinho em pânico. Isso mesmo: um ratinho em pânico. Eu o admirava. Sempre admirei. Mas agora a imagem que eu tinha de você está caindo aos pedaços. Você tem medo de todo mundo.

– Não fale assim comigo.

– Mas é a verdade.

– *Noite sem fim.*

Não consegui pensar em nada mais para dizer. Ainda me perguntava o que significavam aquelas palavras. Noite sem fim. Significavam escuridão. Significavam que eu não estava visível. Eu conseguia ver os mortos, mas os mortos não conseguiam me ver, embora estivesse vivo. Não me viam porque eu não estava realmente lá. O homem que amara Ellie havia desaparecido. Entrara, por livre e espontânea vontade, na noite sem fim. Baixei a cabeça, olhando para o chão.

– *Noite sem fim* – repeti.

– Pare de falar isso – berrou Greta. – Resista! Seja homem, Mike. Não caia nessa armadilha de superstição.

– Como? – perguntei. – Vendi minha alma para o Campo do Cigano, não vendi? O Campo do Cigano nunca deu garantia de segurança para ninguém, nem para Ellie, nem para mim. Talvez não seja seguro para você também.

– Como assim?

Levantei-me e fui em sua direção. Eu a amava. Sim, ainda a amava com um derradeiro e intenso desejo sexual. Mas amor, ódio, desejo, não é tudo a mesma coisa? Três em um. Jamais odiaria Ellie, mas odiava Greta. E gostava de odiá-la. Odiava com todas as minhas forças e com um desejo impulsivo e jovial. Não tinha como esperar pelos métodos seguros, não queria esperar. Aproximei-me dela.

– Sua vaca imunda! – exclamei. – Sua vagabunda nojenta, de cabelos dourados. Você não está segura, Greta. Não está livre de *mim.* Entende? Aprendi a gostar... a gostar de matar. Você não imagina minha alegria no dia em que vi Ellie sair com o cavalo que a levaria à morte. Fiquei feliz a manhã inteira com a ideia do assassinato, mas jamais havia chegado tão perto de matar. Agora é diferente. Desejo mais do que apenas saber que alguém morrerá por ter ingerido uma cápsula de veneno no café da manhã. Já não me basta empurrar uma velhinha pedreira abaixo. Quero *usar minhas mãos.*

Nesse momento, foi Greta quem se assustou. Ela, a quem eu amara desde o dia em que a conheci em Hamburgo, inventando depois uma doença para largar o emprego e ficar a seu lado. Sim, fui seu, de corpo e alma. Agora já não. Agora era eu mesmo. Chegara a outro tipo de reino, um império jamais sonhado.

Greta ficou com medo. Adorei vê-la assim e apertei-lhe o pescoço com as mãos. Sim, mesmo agora, enquanto escrevo minha história (o que, veja bem, é muito prazeroso – escrever tudo a meu respeito, o que enfrentei, senti, pensei e como enganei todo mundo), é uma coisa maravilhosa. Sim, fiquei imensamente feliz ao matar Greta...

Capítulo 24

Não há muito mais a dizer depois disso. Digo, o clímax foi aquele momento. As pessoas esquecem que nada de melhor pode acontecer, que já tiveram tudo. Fiquei sentado ali por um bom tempo. Não sei quando *eles* chegaram. Não sei se vieram todos ao mesmo tempo... Não podiam ter estado lá desde o princípio, porque não teriam me deixado matar Greta. Reparei que Deus foi o primeiro a chegar. Não Deus, estou confuso. Refiro-me ao major Phillpot. Sempre gostei dele por ter sido legal comigo. Parecia-se bastante com Deus mesmo, sob certos aspectos. Claro, isso se Deus fosse um ser humano e não algo sobrenatural lá no céu. Era um homem justo, muito justo e bondoso. Preocupava-se com as coisas. Procurava ajudar os outros.

Não sei o quanto me conhecia. Lembro-me da maneira curiosa de me olhar naquela manhã, na sala do leilão, quando disse que eu estava afetado. Por que será que me julgava afetado naquele dia?

Depois, quando estávamos junto ao amontoado que era Ellie caída em seu traje de montaria... Será que sabia ou imaginava que eu estava envolvido naquilo?

Após a morte de Greta, como costumo dizer, fiquei jogado ali na cadeira, olhando fixamente para a taça de champanhe vazia. Tudo estava vazio, muito vazio. Havia apenas uma lâmpada acesa, que Greta e eu havíamos acendido, mas ficava em um canto. Não iluminava muito, e o sol... acho que o sol já havia se posto há muito tempo. Fiquei ali sentado, pensando no que ia acontecer em seguida, com uma espécie de obscuro assombro.

Depois, acho, as pessoas começaram a chegar. Talvez tenham vindo várias ao mesmo tempo. Chegaram silenciosamente, ou era eu que não estava ouvindo ou notando ninguém.

Santonix, se estivesse lá, poderia, de repente, me dizer o que fazer. Mas Santonix morrera. Seguira um caminho diferente do meu, e então não tinha como me ajudar. Na verdade, ninguém estava em condições de me ajudar naquele momento.

Pouco depois, notei a presença do dr. Shaw. Estava tão quieto que, a princípio, mal percebi que estava ali, sentado a meu lado. Esperava alguma coisa. Passado algum tempo, julguei que estivesse esperando que eu falasse. Então falei:

– Voltei para casa.

Havia uma ou duas pessoas andando por trás dele. Pareciam aguardar algum gesto seu.

– Greta está morta – contei. – Matei-a. É melhor o senhor levar o corpo dela, não?

Em algum lugar, alguém disparou um flash. Devia ser algum fotógrafo policial fotografando o cadáver. O dr. Shaw virou a cabeça e respondeu severamente:

– Ainda não.

Voltou, de novo, a cabeça para mim. Inclinei-me em sua direção e disse:

– Vi Ellie hoje à noite.

– Viu? Onde?

– Lá fora, embaixo de um pinheiro. Foi o lugar em que a vi pela primeira vez. – Fiz uma pequena pausa e então continuei: – Ela não conseguia me ver... Não me via porque eu não estava lá. – Depois de um tempo, acrescentei: – Isso me transtornou, me perturbou muito.

O dr. Shaw disse:

– Foi colocado na cápsula, não foi? Havia cianeto na cápsula, não? Não foi o que deu a Ellie naquela manhã?

– Era para a rinite – expliquei –, ela sempre tomava uma cápsula antes de montar, para garantir. Era alérgica. Greta e eu preparamos uma ou duas cápsulas com veneno de vespas do galpão e juntamos com as outras. Foi lá no Esconderijo. Engenhoso, não? – Comecei a rir. Era um riso estranho, eu mesmo pude perceber. Mais parecia um riso nervoso, sem motivo. Perguntei: – O senhor inspecionou os remédios que tomava quando veio examinar o tornozelo dela, não inspecionou? Remédios para dormir, cápsulas contra alergia, estava tudo em ordem, não?

– Perfeitamente – respondeu o dr. Shaw. – Os medicamentos eram inofensivos.

– Muita sagacidade, não acha? – provoquei.

– Sim, muito engenhoso, mas não o bastante.

– De qualquer maneira, gostaria de saber como descobriu.

– Descobrimos quando aconteceu a segunda morte, a que não estava planejada.

– Claudia Hardcastle?

– Sim. Ela morreu da mesma forma que Ellie. Caiu do cavalo no campo de caça. Claudia também gozava de boa saúde, e então morre dessa maneira brutal, numa queda de cavalo. Descobriram o corpo pouco tempo depois. Ainda havia cheiro de cianeto como pista. Se tivesse ficado jogada ao relento por algumas horas como Ellie, não haveria nada... nenhum cheiro, nenhuma descoberta. Agora, não sei como Claudia tomou a cápsula. Só se vocês esqueceram o frasco no Esconderijo. Ela costumava ir lá. Foram encontradas suas impressões digitais, e ela deixou cair um isqueiro.

– Deve ter sido um descuido nosso. Foi difícil preparar as cápsulas.

Depois perguntei:

– O senhor suspeitou que eu estivesse envolvido na morte de Ellie, não? Todos suspeitaram? – Olhei ao redor para os vultos indistintos. – Talvez todos vocês.

– Geralmente sabemos. Mas eu não tinha certeza se podíamos fazer alguma coisa.

– O senhor devia ter me alertado – falei, em tom de reprovação.

– Não sou da polícia – disse o dr. Shaw.

– O que é então?

– Sou médico.

– Não preciso de médico – declarei.

– É o que resta saber.

Olhei para Phillpot e indaguei:

– O que está fazendo? Veio me julgar, presidir meu julgamento?

– Sou apenas um juiz de paz – ele disse. – Estou aqui como amigo.

– Meu amigo? – perguntei, espantado.

– Amigo de Ellie – explicou ele.

Não entendi. Nada daquilo fazia sentido para mim, mas me senti importante. Todos eles ali! Polícia e médico, Shaw e Phillpot, um homem tão ocupado. O contexto todo era bastante complicado. Comecei a perder a noção das coisas. Estava muito cansado, claro. Costumava ficar cansado de repente e dormir...

E todo aquele movimento. Pessoas vinham me ver. Advogados, creio que um procurador e um outro tipo de advogado com ele, trazendo médicos. Vários médicos. Importunaram-me com perguntas que me recusei a responder.

Um deles insistiu em saber se eu desejava alguma coisa. Respondi que sim, que desejava apenas uma coisa: uma caneta e bastante papel. Queria escrever sobre tudo aquilo, como tudo aconteceu. Queria contar-lhes o que sentira, o que pensara. Quanto mais pensava em mim, mais achava interessante a história para todos. Porque *eu* era interessante. Era realmente uma pessoa interessante e tinha feito coisas interessantes.

Os médicos – ao menos um deles – pareciam considerar uma boa ideia. Eu disse:

– Vocês sempre deixam que as pessoas façam declarações. Por que não posso escrever a minha? Talvez, algum dia, todos venham a lê-la.

Concordaram. Eu não conseguia escrever muito tempo seguido. Ficava cansado. Alguém usou a expressão "responsabilidade restrita" e outra pessoa discordou. Ouvimos cada coisa! Às vezes, acham que não estamos ouvindo. Depois, tive que comparecer ao tribunal e eu queria que trouxessem meu melhor terno, porque desejava passar uma boa imagem. Creio que colocaram detetives para me vigiar. Por algum tempo. Aqueles novos empregados... acho que foram contratados ou postos no meu encalço por Lippincott. Descobriram muitas coisas sobre mim e Greta. Engraçado: depois que Greta morreu, nunca pensei muito nela... Após matá-la, deixou de ter importância para mim.

Procurei reviver a sensação esplêndida de triunfo que tivera quando a estrangulei, mas até isso havia desaparecido...

Um dia, trouxeram minha mãe, inesperadamente, para me visitar. Lá estava ela, olhando para mim da porta. Não parecia angustiada como de costume. Estava apenas triste. Não tinha muito o que dizer, nem eu. Falou somente o seguinte:

– Eu tentei, Mike. Fiz de tudo para protegê-lo, mas fracassei. Sempre tive medo de fracassar.

– Tudo bem, mãe, não foi sua culpa – falei. – Eu escolhi o caminho que queria.

E subitamente lembrei: "Foi o que Santonix disse. Ele também temia por mim. E também não conseguiu fazer nada. Ninguém podia fazer nada... a não ser eu mesmo, talvez... Não sei. Não tenho certeza. Mas de vez em quando me lembro... lembro daquele dia em que

Ellie me perguntou: 'Por que você está me olhando desse jeito?', e eu: 'Desse jeito como?' Ela respondeu: 'Como se me amasse'. Acho que, de certa forma, eu a amava. Podia ter amado. Ellie era tão doce. Doce prazer..."

Imagino que o meu problema foi que eu sempre quis tudo em demasia. E queria da maneira mais fácil, com ambição.

Aquela primeira vez, aquele primeiro dia em que fui ao Campo do Cigano e conheci Ellie. Ao descermos pela estrada, encontramos Esther. Naquele dia, quando ela preveniu Ellie dos perigos da região, tive a ideia de comprá-la. Sabia que era do tipo de pessoa que faria qualquer coisa por dinheiro. Eu lhe pagaria para que ela começasse a assustar Ellie, para que Ellie se sentisse ameaçada. Julguei que daria mais credibilidade à versão de que Ellie morrera de choque. Naquele primeiro dia, agora eu sei, Esther estava realmente com medo. Temia por Ellie. Advertiu-a de que não se envolvesse com o Campo do Cigano. O que ela queria dizer, claro, era que não se envolvesse *comigo*. Não entendi dessa forma. Ellie tampouco.

Seria de *mim* que Ellie tinha medo? Acho que sim, embora ela mesma não soubesse. Sentia-se ameaçada e em perigo. Santonix sabia da maldade que existia dentro de mim, assim como minha mãe. Talvez os três soubessem. Ellie sabia, mas nunca se importou. É curioso, muito curioso. Agora eu vejo. Fomos muito felizes juntos. Sim, muito felizes. Gostaria de ter percebido isso na época... Tive a minha oportunidade. Talvez todos tenham a sua. Eu lhe dei as costas.

É curioso que Greta não tenha agora a menor importância, não é?

E até a minha linda casa já não me interessa.

Só Ellie... E Ellie jamais me encontrará novamente... Noite sem fim... Este é o fim da minha história...

Em meu fim está meu princípio... é o que as pessoas sempre dizem.

Mas o que significa isso?

E onde exatamente começa minha história? Preciso parar e pensar...

Coleção **L&PM** POCKET

1080.**Pedaços de um caderno manchado de vinho** – Bukowski
1081.**A ferro e fogo: tempo de solidão (vol.1)** – Josué Guimarães
1082.**A ferro e fogo: tempo de guerra (vol.2)** – Josué Guimarães
1084(17).**Desembarcando o Alzheimer** – Dr. Fernando Lucchese e Dra. Ana Hartmann
1085.**A maldição do espelho** – Agatha Christie
1086.**Uma breve história da filosofia** – Nigel Warburton
1088.**Heróis da História** – Will Durant
1089.**Concerto campestre** – L. A. de Assis Brasil
1090.**Morte nas nuvens** – Agatha Christie
1092.**Aventura em Bagdá** – Agatha Christie
1093.**O cavalo amarelo** – Agatha Christie
1094.**O método de interpretação dos sonhos** – Freud
1095.**Sonetos de amor e desamor** – Vários
1096.**120 tirinhas do Dilbert** – Scott Adams
1097.**200 fábulas de Esopo**
1098.**O curioso caso de Benjamin Button** – F. Scott Fitzgerald
1099.**Piadas para sempre: uma antologia para morrer de rir** – Visconde da Casa Verde
1100.**Hamlet (Mangá)** – Shakespeare
1101.**A arte da guerra (Mangá)** – Sun Tzu
1104.**As melhores histórias da Bíblia (vol.1)** – A. S. Franchini e Carmen Seganfredo
1105.**As melhores histórias da Bíblia (vol.2)** – A. S. Franchini e Carmen Seganfredo
1106.**Psicologia das massas e análise do eu** – Freud
1107.**Guerra Civil Espanhola** – Helen Graham
1108.**A autoestrada do sul e outras histórias** – Julio Cortázar
1109.**O mistério dos sete relógios** – Agatha Christie
1110.**Peanuts: Ninguém gosta de mim... (amor)** – Charles Schulz
1111.**Cadê o bolo?** – Mauricio de Sousa
1112.**O filósofo ignorante** – Voltaire
1113.**Totem e tabu** – Freud
1114.**Filosofia pré-socrática** – Catherine Osborne
1115.**Desejo de status** – Alain de Botton
1118.**Passageiro para Frankfurt** – Agatha Christie
1120.**Kill All Enemies** – Melvin Burgess
1121.**A morte da sra. McGinty** – Agatha Christie
1122.**Revolução Russa** – S. A. Smith
1123.**Até você, Capitu?** – Dalton Trevisan
1124.**O grande Gatsby (Mangá)** – F. S. Fitzgerald
1125.**Assim falou Zaratustra (Mangá)** – Nietzsche
1126. **Peanuts: É para isso que servem os amigos (amizade)** – Charles Schulz
1127(27).**Nietzsche** – Dorian Astor
1128.**Bidu: Hora do banho** – Mauricio de Sousa
1129.**O melhor do Macanudo Taurino** – Santiago
1130.**Radicci 30 anos** – Iotti
1131.**Show de sabores** – J.A. Pinheiro Machado
1132.**O prazer das palavras** – vol. 3 – Cláudio Moreno
1133.**Morte na praia** – Agatha Christie
1134.**O fardo** – Agatha Christie
1135.**Manifesto do Partido Comunista (Mangá)** – Marx & Engels
1136.**A metamorfose (Mangá)** – Franz Kafka
1137.**Por que você não se casou... ainda** – Tracy McMillan
1138.**Textos autobiográficos** – Bukowski
1139.**A importância de ser prudente** – Oscar Wilde
1140.**Sobre a vontade na natureza** – Arthur Schopenhauer
1141.**Dilbert (8)** – Scott Adams
1142.**Entre dois amores** – Agatha Christie
1143.**Cipreste triste** – Agatha Christie
1144.**Alguém viu uma assombração?** – Mauricio de Sousa
1145.**Mandela** – Elleke Boehmer
1146.**Retrato do artista quando jovem** – James Joyce
1147.**Zadig ou o destino** – Voltaire
1148.**O contrato social (Mangá)** – J.-J. Rousseau
1149.**Garfield fenomenal** – Jim Davis
1150.**A queda da América** – Allen Ginsberg
1151.**Música na noite & outros ensaios** – Aldous Huxley
1152.**Poesias inéditas & Poemas dramáticos** – Fernando Pessoa
1153.**Peanuts: Felicidade é...** – Charles M. Schulz
1154.**Mate-me por favor** – Legs McNeil e Gillian McCain
1155.**Assassinato no Expresso Oriente** – Agatha Christie
1156.**Um punhado de centeio** – Agatha Christie
1157.**A interpretação dos sonhos (Mangá)** – Freud
1158.**Peanuts: Você não entende o sentido da vida** – Charles M. Schulz
1159.**A dinastia Rothschild** – Herbert R. Lottman
1160.**A Mansão Hollow** – Agatha Christie
1161.**Nas montanhas da loucura** – H.P. Lovecraft
1162(28).**Napoleão Bonaparte** – Pascale Fautrier
1163.**Um corpo na biblioteca** – Agatha Christie
1164.**Inovação** – Mark Dodgson e David Gann
1165.**O que toda mulher deve saber sobre os homens: a afetividade masculina** – Walter Riso
1166.**O amor está no ar** – Mauricio de Sousa
1167.**Testemunha de acusação & outras histórias** – Agatha Christie
1168.**Etiqueta de bolso** – Celia Ribeiro
1169.**Poesia reunida (volume 3)** – Affonso Romano de Sant'Anna
1170.**Emma** – Jane Austen
1171.**Que seja em segredo** – Ana Miranda
1172.**Garfield sem apetite** – Jim Davis
1173.**Garfield: Foi mal...** – Jim Davis
1174.**Os irmãos Karamázov (Mangá)** – Dostoiévski
1175.**O Pequeno Príncipe** – Antoine de Saint-Exupéry
1176.**Peanuts: Ninguém mais tem o espírito aventureiro** – Charles M. Schulz
1177.**Assim falou Zaratustra** – Nietzsche

1178.**Morte no Nilo** – Agatha Christie
1179.**Ê, soneca boa** – Mauricio de Sousa
1180.**Garfield a todo o vapor** – Jim Davis
1181.**Em busca do tempo perdido (Mangá)** – Proust
1182.**Cai o pano: o último caso de Poirot** – Agatha Christie
1183.**Livro para colorir e relaxar** – Livro 1
1184.**Para colorir sem parar**
1185.**Os elefantes não esquecem** – Agatha Christie
1186.**Teoria da relatividade** – Albert Einstein
1187.**Compêndio da psicanálise** – Freud
1188.**Visões de Gerard** – Jack Kerouac
1189.**Fim de verão** – Mohiro Kitoh
1190.**Procurando diversão** – Mauricio de Sousa
1191.**E não sobrou nenhum e outras peças** – Agatha Christie
1192.**Ansiedade** – Daniel Freeman & Jason Freeman
1193.**Garfield: pausa para o almoço** – Jim Davis
1194.**Contos do dia e da noite** – Guy de Maupassant
1195.**O melhor de Hagar 7** – Dik Browne
1196(29).**Lou Andreas-Salomé** – Dorian Astor
1197(30).**Pasolini** – René de Ceccatty
1198.**O caso do Hotel Bertram** – Agatha Christie
1199.**Crônicas de motel** – Sam Shepard
1200.**Pequena filosofia da paz interior** – Catherine Rambert
1201.**Os sertões** – Euclides da Cunha
1202.**Treze à mesa** – Agatha Christie
1203.**Bíblia** – John Riches
1204.**Anjos** – David Albert Jones
1205.**As tirinhas do Guri de Uruguaiana 1** – Jair Kobe
1206.**Entre aspas (vol.1)** – Fernando Eichenberg
1207.**Escrita** – Andrew Robinson
1208.**O spleen de Paris: pequenos poemas em prosa** – Charles Baudelaire
1209.**Satíricon** – Petrônio
1210.**O avarento** – Molière
1211.**Queimando na água, afogando-se na chama** – Bukowski
1212.**Miscelânea septuagenária: contos e poemas** – Bukowski
1213.**Que filosofar é aprender a morrer e outros ensaios** – Montaigne
1214.**Da amizade e outros ensaios** – Montaigne
1215.**O medo à espreita e outras histórias** – H.P. Lovecraft
1216.**A obra de arte na era de sua reprodutibilidade técnica** – Walter Benjamin
1217.**Sobre a liberdade** – John Stuart Mill
1218.**O segredo de Chimneys** – Agatha Christie
1219.**Morte na rua Hickory** – Agatha Christie
1220.**Ulisses (Mangá)** – James Joyce
1221.**Ateísmo** – Julian Baggini
1222.**Os melhores contos de Katherine Mansfield** – Katherine Mansfield
1223(31).**Martin Luther King** – Alain Foix
1224.**Millôr Definitivo: uma antologia de *A Bíblia do Caos*** – Millôr Fernandes
1225.**O Clube das Terças-Feiras e outras histórias** – Agatha Christie
1226.**Por que sou tão sábio** – Nietzsche
1227.**Sobre a mentira** – Platão
1228.**Sobre a leitura** *seguido do* **Depoimento de Céleste Albaret** – Proust
1229.**O homem do terno marrom** – Agatha Christie
1230(32).**Jimi Hendrix** – Franck Médioni
1231.**Amor e amizade e outras histórias** – Jane Austen
1232.**Lady Susan, Os Watson e Sanditon** – Jane Austen
1233.**Uma breve história da ciência** – William Bynum
1234.**Macunaíma: o herói sem nenhum caráter** – Mário de Andrade
1235.**A máquina do tempo** – H.G. Wells
1236.**O homem invisível** – H.G. Wells
1237.**Os 36 estratagemas: manual secreto da arte da guerra** – Anônimo
1238.**A mina de ouro e outras histórias** – Agatha Christie
1239.**Pic** – Jack Kerouac
1240.**O habitante da escuridão e outros contos** – H.P. Lovecraft
1241.**O chamado de Cthulhu e outros contos** – H.P. Lovecraft
1242.**O melhor de Meu reino por um cavalo!** – Edição de Ivan Pinheiro Machado
1243.**A guerra dos mundos** – H.G. Wells
1244.**O caso da criada perfeita e outras histórias** – Agatha Christie
1245.**Morte por afogamento e outras histórias** – Agatha Christie
1246.**Assassinato no Comitê Central** – Manuel Vázquez Montalbán
1247.**O papai é pop** – Marcos Piangers
1248.**O papai é pop 2** – Marcos Piangers
1249.**A mamãe é rock** – Ana Cardoso
1250.**Paris boêmia** – Dan Franck
1251.**Paris libertária** – Dan Franck
1252.**Paris ocupada** – Dan Franck
1253.**Uma anedota infame** – Dostoiévski
1254.**O último dia de um condenado** – Victor Hugo
1255.**Nem só de caviar vive o homem** – J.M. Simmel
1256.**Amanhã é outro dia** – J.M. Simmel
1257.**Mulherzinhas** – Louisa May Alcott
1258.**Reforma Protestante** – Peter Marshall
1259.**História econômica global** – Robert C. Allen
1260(33).**Che Guevara** – Alain Foix
1261.**Câncer** – Nicholas James
1262.**Akhenaton** – Agatha Christie
1263.**Aforismos para a sabedoria de vida** – Arthur Schopenhauer
1264.**Uma história do mundo** – David Coimbra
1265.**Ame e não sofra** – Walter Riso
1266.**Desapegue-se!** – Walter Riso
1267.**Os Sousa: Uma famíla do barulho** – Mauricio de Sousa
1268.**Nico Demo: O rei da travessura** – Mauricio de Sousa
1269.**Testemunha de acusação e outras peças** – Agatha Christie

1270(34).**Dostoiévski** – Virgil Tanase
1271.**O melhor de Hagar 8** – Dik Browne
1272.**O melhor de Hagar 9** – Dik Browne
1273.**O melhor de Hagar 10** – Dik e Chris Browne
1274.**Considerações sobre o governo representativo** – John Stuart Mill
1275.**O homem Moisés e a religião monoteísta** – Freud
1276.**Inibição, sintoma e medo** – Freud
1277.**Além do princípio de prazer** – Freud
1278.**O direito de dizer não!** – Walter Riso
1279.**A arte de ser flexível** – Walter Riso
1280.**Casados e descasados** – August Strindberg
1281.**Da Terra à Lua** – Júlio Verne
1282.**Minhas galerias e meus pintores** – Kahnweiler
1283.**A arte do romance** – Virginia Woolf
1284.**Teatro completo v. 1: As aves da noite** ***seguido de*** **O visitante** – Hilda Hilst
1285.**Teatro completo v. 2: O verdugo** ***seguido de*** **A morte do patriarca** – Hilda Hilst
1286.**Teatro completo v. 3: O rato no muro** ***seguido de*** **Auto da barca de Camiri** – Hilda Hilst
1287.**Teatro completo v. 4: A empresa** ***seguido de*** **O novo sistema** – Hilda Hilst
1289.**Fora de mim** – Martha Medeiros
1290.**Divã** – Martha Medeiros
1291.**Sobre a genealogia da moral: um escrito polêmico** – Nietzsche
1292.**A consciência de Zeno** – Italo Svevo
1293.**Células-tronco** – Jonathan Slack
1294.**O fim do ciúme e outros contos** – Proust
1295.**A jangada** – Júlio Verne
1296.**A ilha do dr. Moreau** – H.G. Wells
1297.**Ninho de fidalgos** – Ivan Turguêniev
1298.**Jane Eyre** – Charlotte Brontë
1299.**Sobre gatos** – Bukowski
1300.**Sobre o amor** – Bukowski
1301.**Escrever para não enlouquecer** – Bukowski
1302.**222 receitas** – J. A. Pinheiro Machado
1303.**Reinações de Narizinho** – Monteiro Lobato
1304.**O Saci** – Monteiro Lobato
1305.**Memórias da Emília** – Monteiro Lobato
1306.**O Picapau Amarelo** – Monteiro Lobato
1307.**A reforma da Natureza** – Monteiro Lobato
1308.**Fábulas** ***seguido de*** **Histórias diversas** – Monteiro Lobato
1309.**Aventuras de Hans Staden** – Monteiro Lobato
1310.**Peter Pan** – Monteiro Lobato
1311.**Dom Quixote das crianças** – Monteiro Lobato
1312.**O Minotauro** – Monteiro Lobato
1313.**Um quarto só seu** – Virginia Woolf
1314.**Sonetos** – Shakespeare
1315(35).**Thoreau** – Marie Berthoumieu e Laura El Makki
1316.**Teoria da arte** – Cynthia Freeland
1317.**A arte da prudência** – Baltasar Gracián
1318.**O louco** ***seguido de*** **Areia e espuma** – Khalil Gibran
1319.**O profeta** ***seguido de*** **O jardim do profeta** – Khalil Gibran
1320.**Jesus, o Filho do Homem** – Khalil Gibran
1321.**A luta** – Norman Mailer
1322.**Sobre o sofrimento do mundo e outros ensaios** – Schopenhauer
1323.**Epidemiologia** – Rodolfo Sacacci
1324.**Japão moderno** – Christopher Goto-Jones
1325.**A arte da meditação** – Matthieu Ricard
1326.**O adversário secreto** – Agatha Christie
1327.**Pollyanna** – Eleanor H. Porter
1328.**Espelhos** – Eduardo Galeano
1329.**A Vênus das peles** – Sacher-Masoch
1330.**O 18 de brumário de Luís Bonaparte** – Karl Marx
1331.**Um jogo para os vivos** – Patricia Highsmith
1332.**A tristeza pode esperar** – J.J. Camargo
1333.**Vinte poemas de amor e uma canção desesperada** – Pablo Neruda
1334.**Judaísmo** – Norman Solomon
1335.**Esquizofrenia** – Christopher Frith & Eve Johnstone
1336.**Seis personagens em busca de um autor** – Luigi Pirandello
1337.**A Fazenda dos Animais** – George Orwell
1338.**1984** – George Orwell
1339.**Ubu Rei** – Alfred Jarry
1340.**Sobre bêbados e bebidas** – Bukowski
1341.**Tempestade para os vivos e para os mortos** – Bukowski
1342.**Complicado** – Natsume Ono
1343.**Sobre o livre-arbítrio** – Schopenhauer
1344.**Uma breve história da literatura** – John Sutherland
1345.**Você fica tão sozinho às vezes que até faz sentido** – Bukowski
1346.**Um apartamento em Paris** – Guillaume Musso
1347.**Receitas fáceis e saborosas** – José Antonio Pinheiro Machado
1348.**Por que engordamos** – Gary Taubes
1349.**A fabulosa história do hospital** – Jean-Noël Fabiani
1350.**Voo noturno** ***seguido de*** **Terra dos homens** – Antoine de Saint-Exupéry
1351.**Doutor Sax** – Jack Kerouac
1352.**O livro do Tao e da virtude** – Lao-Tsé
1353.**Pista negra** – Antonio Manzini
1354.**A chave de vidro** – Dashiell Hammett
1355.**Martin Eden** – Jack London
1356.**Já te disse adeus, e agora, como te esqueço?** – Walter Riso
1357.**A viagem do descobrimento** – Eduardo Bueno
1358.**Náufragos, traficantes e degredados** – Eduardo Bueno
1359.**Retrato do Brasil** – Paulo Prado
1360.**Maravilhosamente imperfeito, escandalosamente feliz** – Walter Riso
1361.**É...** – Millôr Fernandes
1362.**Duas tábuas e uma paixão** – Millôr Fernandes
1363.**Selma e Sinatra** – Martha Medeiros
1364.**Tudo que eu queria te dizer** – Martha Medeiros
1365.**Várias histórias** – Machado de Assis

IMPRESSÃO:

PALLOTTI
GRÁFICA

Santa Maria - RS | Fone: (55) 3220.4500
www.graficapallotti.com.br